遊戲

衛斯理著

MW01678958

自序一

以第一人稱記述衞斯理冒險生活、離奇經歷的科幻小說，一向由明窗出版社出版，可是其中有四個故事，卻由於一些原因，成了例外。

這四個故事依次是：

電王　　黃金故事

生死鎖　　遊戲

由於衞斯理故事，雖然每一個都獨立，但是人物卻都有延續性，所以故事和故事之間，有著千絲萬縷的關係。了解這些關係，更增閱讀的興趣。錯過了這小本，對有些事就不明白了。

例如，衞斯理和溫寶裕的好朋友陳長青，是如何「上山學道」去的？溫寶裕的巨寶，自何處來？又例如，會發電的人來歷如何，衞斯理和「非人協會」的關係怎樣？再例如，白老大早年和哥老會的關係如何？能在時間中自在旅行的王居風和高彩虹怎麼樣了？以及巴曼將軍在海底的巨大發現，這些情節，都會在後來的一些故事中提及，不知詳情，會感到略有所失。

當然，這個故事曾出版過，但是還有許多朋友沒有見過，所以上述的一些問題，經常被人問起——這些問題都在那四個故事之中。

如果有人保存全套衞斯理故事的，這四個故事是在編號六十八的「極刑」之後，五十九的「廢墟」之前，所以在書架上的排列位置，應該在這兩本中間，所以，我把這四個故事編爲上下的號碼，重新刪訂整理出版：

48A　電王　　48C　黃金故事

48B　生死鎖　　48D　遊戲

插入這四本，才是整套的衞斯理故事。

衞斯理　一九九一年一月一日

自序二

有種學說，稱之爲「板塊學說」，說地球上的陸地，本來是聯在一起的，由於種種緣故，成了四分五裂，亂七八糟的形狀，而大致上，仍然可以拚起來，例如亞洲的次大陸，就恰好可以嵌進非洲的東部，等等。看起來，也確然如此。

這個故事，就是在這個說法的基礎上發展出來的。故事中提出的「瘋狂計劃」，聽起來像是絕無可能，但是在兩次世界大戰未發生前，誰又會想到，一場戰爭會死亡幾千萬人？一些侵略者的心目之中，肯定會有比這個故事明更瘋狂的想法。

這或者可以旁證人的慾望無止境。

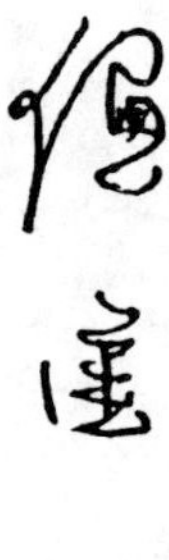

一九九〇年一月一日

香港

目錄

一、略談遊戲

自古至今，人類發明的遊戲有多少種？

這是一個絕對無法有準確答案的問題。

不論多少種，所有的遊戲，都有一個共通點，這個共通點是什麼？

這個問題倒很容易回答：所有的遊戲，都有規則。沒有規矩，不成方圓。沒有規則，遊戲也就不成其為遊戲，只是亂來。所以，參加遊戲的，從一個人到一千萬人，不論是什麼種類的遊戲，參加者必需遵從為各種遊戲而設的不同規則。

遊戲有目的有對手的遊戲，目的是勝過對方，沒有對手的遊戲，也有一定目的要達成，遊戲才會完成。

世上很多事，其實全是遊戲，所以有「遊戲人生」的說法。

遊戲人生，並不一定快樂，正如有許多遊戲，實在十分之乏味，叫人一點勁都提不起來一樣，如果人生從頭到尾，參加的是一連串乏味的遊戲，那麼，這個遊戲人生，自然也乏味之極。

遊戲的規模可大可小，最少，自然至少要有一個人，最大，人類歷史上的幾場戰爭，又何嘗不是遊戲，可以牽涉到全人類的一大半。

在地球上來說，規模最大的遊戲，自然是全人類都參加的那一種，這種大規模的遊戲，如果一旦開始，在結束之後，是不是有勝方和負方呢？那是沒有人知道的事，大家只好推測，而普通的預測結果是：到時，根本沒有勝方和負方，因為所有的遊戲參加者，都不存在了，還有什麼勝負？

也有的推測是：就算還有點遊戲的參加者，在遊戲結束之後，仍然存在，他們也不會再有興趣去計較遊戲的勝負了。遊戲開始時，自然人人關心勝負，一到結束，反而全然無人關心，這現象相當奇特。這是否說明，那些人以後再也不會參加任何遊戲了呢？當然不，人，總是要參加遊戲的。

不論你願意也好，不願意也好，各種各樣的遊戲，像許多大小不同的漩渦一樣，總會把你捲扯進去。

既然如此，大家不妨積極一點，起勁一點，來玩玩遊戲，別去理會遊戲是乏味還是有趣，而且，記得，要恪守遊戲的規則。

遊戲，還有一個大特點，就是，如果遊戲要動用到什麼道具的話，那麼，道具越是簡單，遊戲反而越是複雜。戰爭遊戲的道具極其複雜，但戰爭遊戲反而倒是很簡單的。男女之間的愛情遊戲，動用到的只是各自的身體和思想，可是複雜程度，已到了無可描述的程度。

可稱爲遊戲之王的一種，道具更簡單，只是形狀相同，大小相同，但被分爲黑白二色的棋子，遊戲的過程是黑的努力要圍住白的，白的同樣也努力要圍住黑的。這種遊戲叫「圍棋」。

看起來十分簡單是不是？

但是一旦玩起這個遊戲來，千變萬化，自古至今，同樣根據簡單規則在進行的這種遊戲，竟不可能出現一局相同的結果，究竟有多少變化，在可見的將來，人類的電腦計算科學再發達，也無法作一個約略的統計。

只是黑的想圍住白的，白的想圍住黑的，已經有那麼多變化了，可知越是簡單的遊戲，就越是複雜。

這，好像很有點哲理。

自然，這只是故事的「引子」，故事是故事，在故事中是不是有哲理並不重要，重要的是故事必須動聽，能叫人聽下去——這是故事的規則。

二、死因研究

以下一段刊載在蘇聯眞理報並不顯著版位上的訃告，曾經删略。删略的部分是人名。因爲俄國人的全名十分長，先是自己的名字，再加上父名，再加上姓，一大串，引述起來十分麻煩而且毫無意義，所以從略。

訃告的內容，是千篇一律的。

「國防部沉痛地宣佈：我國優秀的共產主義戰士，普羅科夫同志（海軍中將）、維拉斯基同志（海軍少將）以及巴曼同志（海軍少將）在執行職務時殉職。」

這種訃告，十分尋常，眞理報的讀者，看過就算，不會加以理會，幾個將軍「在執行職務時喪生」和普通百姓的關係，絕比不上嚴冬時分，暖氣供應是不是足夠來得重要。

但是，在西方陣營的情報機構來說，卻相當重視這一類的訃告，因爲在這種訃告之中，往往可以發掘出許多軍事秘密和政治陰謀。

例如，有一次有相當數量高級軍事人員「在執行職務中喪生」的訃告，和輻射探測站突然測到高空雲層的輻射量突然大量增加結合起來，就可以推定，蘇聯中亞細亞的一個核子基地，曾經發生過一場不大不小的意外。

又例如，高級空軍人員突然「在執行職務中喪生」，表示某一種新設計的軍事用途飛機，並沒有通過它的安全試飛，等等。

自然，高級將領如果遇到了意外，例如交通失事之類，只要他當時不是駕著車去私會情婦，通常也會使用「在執行職務中喪生」這樣的字眼。而這種情形，又可以引起情報機構進一步的探索：是不是某些高層人員，成了政治陰謀中的犧牲品，被暗殺了？這場政治陰謀的程度如何，後果怎樣？如果能夠預先推測出來，自然大大有利。

所以，每當有這樣的訃告出現之後，西方各國的情報機構，都會作「死因研究」。

由於蘇聯向例不公開真正死亡原因，「死因研究」的根據，自然是各國情報人員，各顯神通所得回來的資料。

「死因研究」因此也分為兩個步驟：第一步，各查各的，各自研究各自的。等到有了結論，或是茫無頭緒，再由各國的情報人員不定期集會，把各自所得的資料綜合起來。

絕大多數的情形之下，各國情報人員的資料，交換綜合之後，都可以得出一個結論。

這種形式的情報人員的集會，自然不會公開，通常，都是隸屬於北大西洋公約組織中的一個什麼小組，隨便假借一個名義，以掩人耳目。這是情報人員慣用的伎倆，不消多說。

在文首提及的那個訃告發表了十五天之後，英國海軍情報局的文遜上校首先向北大西洋各國，發出了要求集會的通知，理由是「對於蘇聯三位高級海軍將領，普羅科夫中將、維拉斯基少將、巴曼少將的死亡，我方未能獲得任何正確的資料，推測可能和蘇聯海軍的高度機密有關，請各國集會討論。」

英國情報人員的邀請信，送到各國情報人員手中，各國情報人員也正對這段訃告所公佈的死亡，感到迷惑和惘然，如果不是英國先提出，至少有五個國家的情報人員，會同時發出同樣的建議。

所以，英國的建議，很快有了回響，所有北大西洋公約組織的國家，都派了高級情報人員，參加了由英國首議，所以在倫敦集會的那次「死因研究」。

北大西洋公約的參加國家是：美國、英國、法國、荷蘭、比利時、盧森堡、挪威、葡萄牙、意大利、丹麥、冰島、加拿大、西德、土耳其、希臘等國。之所以不憚其煩地把這許多國家的名字全列舉出來，是想說明，雖然事情發生在蘇聯境內，總帶有神秘性，但是經過那麼多國家情報人員半個月來的努力，這件事仍然一點頭緒也沒有，那麼它的神秘程度，自然十分驚人。

而在那許多國家之中，代表了美國，到達倫敦，參加文遜上校主持的死因研究會議的情報官，是小納爾遜中校。

小納爾遜，就是納爾遜的兒子，納爾遜是我十分崇敬的一個朋友，早已身故。我和小納，也曾在不多久之前，有過交往，可是作爲一個情報人員，他有著傳統的冷酷無情，對職務的無限忠心，和對一切事情太過敏銳的判斷以及幾乎完全沒有人與人之間的信任。

這一切，本來是一個出色優秀的情報人員必備條件，我承認小納是一個出色的情報人員，但是在私人感情方面，我卻又不是很和這種性格的人合得來，所以自那次交往之後，也沒有什麼聯絡。

不過，我和現在記述的這個故事，發生了聯繫，倒是由於小納的緣故，所以不能不把他提出來。要不是他，蘇聯死了三個海軍將領這種事，絕對不會和我的生活發生任何聯繫。

集會地點是英國海軍部的一間會議室，所有與會的情報人員，都穿著不同形式的便服，會議絕對秘密，每天在英國海軍部進進出出的人十分多，多了十多個人，誰也不會注意。

而參加會議的人，在進入海軍部之後，就有專人引他們去搭乘一架特別的電梯，下降到地窖的檔案室，穿過一排一排放滿了檔案的架子，在一道牆上，有一扇暗門，過了那道暗門，就是秘密會議室。

秘密會議室的設備，極其周全，甚至有著和世界各地情報機構有直接聯繫的電腦系統。所以，參加秘密會議，要帶上厚厚一疊文件的時代，早已過去了。挪威的代表，如果要展示他們找到的資料，只要通過密碼操作，挪威的情報機構，立即會通過電腦操作，把所要的資料，展示在會議室的大螢光屏上，或是通過傳送機，把資料送到每一個參加者的面前。

會議在正式開始之前，先是一陣七嘴八舌的閒聊，他們之中，有的是老相識，有的不經常見面，有的是新臉孔，誰也沒有見過。

當然，在進入會議室之前就在進入那座特設的升降機之前，各人的身分已經被確定。辨別他們身份的法子，就是每人都交出文遜上校的邀請信，每一封信，不但都由文遜上校親筆簽名，絕難仿傚，而且所使用的打字機，每一個字母的字鍵上，都有著暗記，放大三百倍之後才能覺察，更無法仿造。

所以，與會者的身分，沒有問題。雖然，同屬一個陣營的國家，也難免有點勾心鬥角，但作爲一個各國情報人員的大聚會來說，氣氛算是十分融洽。

寒暄過後，文遜上校向各人對每一個人，作比較正式的介紹。

自然，高級情報人員的身分全是秘密的，他所提到的，不過是一個名字，和那人來自何國而已。

再接著，就是文遜上校的開場白：「大家都知道我們爲什麼聚在一起，這三位我們要研究他們死因的俄國人，一個是蘇聯黑海艦隊的司令員，一個是黑海艦隊的參謀長，而巴曼少將，是黑海艦隊的導彈司令。這樣三個重要人物，同時在執行職務時喪生，而我們又得不到任何意外事故的報告，這不可思議，請各位盡量貢獻各位已找到的資料。」

開場白之後，會場中靜了片刻，顯然是大家並沒有什麼資料可以提供，而當一部分人的目光，望向一個高瘦英俊，看來有點羞澀，膚色相當黝黑的年輕人時，這個年輕人先是不安地搓著手，然後才開始說話。

大家都在剛才文遜上校的介紹之中認識這個年輕人，他來自土耳其，被介紹給與會者的名字是加丹，沒有軍銜。這個年輕人的外貌，看來很惹人好感。雖然座間有些老資格的人，認爲他太嫩了，不夠資格擔任高級情報工作。

加丹的聲音，和他一頭褐棕色的頭髮一樣，十分柔軟，他牽動了一下身子：「我的國家，和蘇聯隔著黑海的南北岸，遙遙相對——」

他才講了一句，就有一個人叫了起來：「天，請別向我們灌輸地理常識，說要緊的話。」

加丹的臉陡然紅了起來，有不知所措的神情，那人又叫道：「說啊。」

加丹忙道：「我只是想說，蘇聯黑海艦隊的存在，對我國的威脅最大，所以，我國的情報組織，對黑海艦隊的一切行動，都加以特別的注意，那三個……是蘇聯黑海艦隊的首腦，我們專門有人研究他們的活動。」

加丹這一番話講得很快，而且也十分有力。土耳其的情報人員，對於蘇聯黑海艦隊高級將領的留意程度，自然在別的國家之上。

因為在地理位置上，土耳其的伊斯坦堡，和蘇聯黑海艦隊的基地敖得薩，隔海遙對，直線距離不過四百公里，土耳其特別留意黑海艦隊的活動，理所當然。

所以，當那人又想表示意見之際，在他身邊的另一個，用肘重重撞了他一下，也有不少人對之怒目瞪視，那人才不敢再出聲。

加丹的神情鎮定了不少：「訃告在六月四日刊登，我們最後有司令員和參謀長行動報告，是五月二十九日，而最後有導彈主管巴曼少將行動報告，是五月三十日，所以推斷，死亡時間，是在五月三十日下午二時之後。」

小納在這時候，補充了一下：「參謀長還有一項十分重要的職位，他是艦隊中潛艇主管，整個艦隊中，有三艘核子能潛艇，配有中程導彈。」

加丹道：「是的，蘇聯對我國的野心之一，是想通過博次普魯士海峽，打通由黑海到地中海的通道。海上航行是不可能的，所以他們經常進行海底航行，而以小型潛艇進行這項活動。」

一個看來十分老練的情報人員沉聲道：「請提供巴曼少將的活動報告。」

加丹挪動了一下身子：「這些高級將領的活動，都絕對保密，我無法提出任何確切的證據，例如相片、電影記錄來證實他們的行動，只能提供情報人員的報告。」

所有與會人員都同情和諒解地點著頭，因爲他們都知道，要拍攝到實際負軍事行動之責的蘇聯將領行動照片，極其困難，能有情報人員的跟踪報告，已經很不錯了。

加丹道：「五月三十日中午，巴曼少將到達艦隊基地——昨天，他的兩位同僚，中午離開寓所，直赴基地，而且一到基地之後，就登上了一艘潛艇母艦——那是一種可以發射三艘小潛艇的艦隻，同時上這艘艦隻的，還有相當數量的高級軍官，看來有一個相當高級的軍事會議，在那艘艦隻上進行。」

小納和幾個人點點頭道：「推測很合理。」

但是那個神情老練的情報員卻不同意：「推測不合理，如果有一個高層軍事會議，巴曼少將也應該在，而不會遲一天才到。」

加丹立時道：「巴曼少將在五月二十九日早上，乘搭一架專機，飛離敖德薩，目的地不明，方向是向莫斯科。假設他緊接奉召到莫斯科去了。」

各人都不出聲，每一個人都在想著：事情看來越來越複雜了。

通常的情形是，如果有一個軍事會議召開之前，司令員和參謀長都參加了，艦隊中的一個要員，自然也要參加的。可是，他卻到莫斯科去了。

這意味著什麼呢？熟悉蘇聯軍事體制的人都可以知道，這種不尋常的情形，不會是莫斯科忽然有什麼重要指示需要下達。如果是最高軍事當局有指令的話，去接受指令的，應該是司令員或參謀長，不會是巴曼少將。

如今的情形是，會議要進行了，巴曼少將卻突然離去，這只說明是他有事要向莫斯科方面請示這種情形，也强烈地說明了一個問題：對於那個軍事會議，巴曼少將有著極不尋常的不同意見，而且，他的意見在他的同僚之中，得不到支持，所以他才到莫斯科去，尋找最高軍事當局的支持。

一時之間，在座的情報人員，大多數都想到了這一點，各自的神情也凝重起來。

因爲巴曼少將的行動，可以牽涉到很多方面。他是黑海艦隊的導彈主管，根據資料，黑海艦隊配備的各種射程的導彈，不但可以直接從各種型類的艦隻上發射，而且，歐洲各大城市，都在導彈的射程之內。巴曼少將一聲令下，這些導彈一下子發射的話，毫無疑問的結果是：第三次世界大戰，立時爆發！

巴曼少將是持有什麼獨特的意見，因而與司令員和參謀長不能協調呢？弄明白這一點，十分重要。各與會者都決定應該用最快最有效的方法，去獲得這一方面的情報。加丹在衆人神色凝重、氣氛也爲之肅穆的情形下繼續道：「所有的人，包括司令和參謀長，上了那艘艦隻之後，就再也沒有出現過，艦隻並沒有啟航，可是卻採取了空前嚴密的海、陸、空三方面的保護措施，我方的情報人員，雖然同樣有著蘇聯海軍軍官的身份，但是也無法接近，而且絕對無法獲知在艦隻上發生什麼事。」

收買對方的軍事人員，作為己方的間諜，這是很普通的事，所以加丹這種話，一點也沒有引起什麼驚疑。

加丹又道：「那些高級軍官，包括司令員和參謀長在內，聚集在一艘並不重要的艦隻上，是相當不尋常的事，我們知道了這情形，就下令加以特別注意，而所有上了艦隻的人員，二十四小時一直在艦隻上，這表示更加事出非常。」

大多數與會者，都為之動容，因為他們開始研究三個蘇聯海軍高級將領之死，並不知道在事前，有過這種不尋常的事發生過。

加丹的語聲，也隨著非常事態的神秘性而顯得有點緊張：「第二天中午，巴曼少將原機回來，直接由機場赴基地，一點也沒有停留，就登上了那艘艦隻，他一上船之後，船隻就啟航。我國情報當局，曾立時要求美國方面，提供人造衛星的偵察資料，要求知道這艘艦隻的移動方向的詳細情報。」

加丹說到這裡，向小納望去。小納的神情，略現尷尬，沉默著半晌不出聲。

有幾個人立時問：「這艘艦隻的移動方向如何？它的目的地是什麼？」

那幾個人這樣問的時候，有幾個望向加丹，有幾個望向小納。凡是望向加丹的，都看到加丹做了一個手勢，示意他們去問小納。所以，一時之間，衆人的目光，都集中在小納的身上。

小納的神情更尷尬，他吸了一口氣之後，才道：「不知道，我們無法提供有關這艘艦隻的任何移動方向的資料。」

有人叫了起來：「這是什麼話，誰都知道，貴國的間諜衞星的功能，可以把地面上一輛卡車的移動也精確地拍攝下來，何況是一艘艦隻。」

小納的神情回復了鎮定：「是，何況這艘艦隻，長度達到兩百三十公尺。」

幾個人又一起道：「請解釋原因。」

小納道：「先從時間方面說，當土耳其情報局，接到巴曼少將登上該艘艦隻，艦隻立即啟航的情報之際，已是艦隻啟航三小時之後的事情。」

加丹喃喃地道：「在蘇聯的海軍基地，要把這樣重要的情報傳遞出來，不是容易的事，三小時，已經十分快捷。」

大家對加丹的話都不加以評議。自然，情報傳遞是一門十分高深的學問，不是簡單的事，但如果是重要的戰時情報，三分鐘尚嫌太久，何況是三小時？但既然是在和平時期，就算三天，也不會有人苛責。小納繼續道：「土耳其方面一通知我們，要求協助，我方有關機構，立時開始行動，但又已經過去兩小時。」

各人等著他進一步說下去，小納攤開了雙手：「當我們開始行動時，並沒有發現黑海蘇聯海軍基地附近，有任何我們要找尋的大型移動目標。」

小納這句話一出口，會議室之中，傳來了一陣竊竊私語聲。

有幾個人齊聲道：「這艘艦隻，或者只航行了一個短程，就停下來了？」

小納道：「自然，這是最大的可能，這艘艦隻，編號是B3974號，各位請看，這是在五月三十日之前，最近一次我們間諜衞星拍到的照片。」

他一面說著，一面來到了電腦控制台前，熟練地按著許多掣鈕，巨大的螢光屏上，便立時現出了畫面來。

畫面看來相當模糊，普通人看了，可能不知那是什麼，但是在座的，都是有經驗的情報人員，自然一看就可以看出，那是一個海軍基地的高空俯瞰圖，由間諜衞星在高空攝得。

海軍基地岸上的建築物，以及停泊在基地中的艦隻，都顯示得相當清楚。

小納指著其中的一艘：「這就是B3974號潛艇母艦，這是一種十分特別的艦隻，它主要的任務，是作爲兩艘深水潛艇的母艦，大家可以看到，那兩艘深水潛艇，正附在它的兩舷。」

各人都看得很清楚，事實確如小納所言。

小納又道：「這兩艘深水潛艇，何以需要一艘母艦，法國對這方面的研究很有心得，要不要請我們的法國朋友來解釋一下？」

各人都向一個金髮碧眼，身型十分豐滿、約莫三十出頭的艷麗女郎望去，那女郎風情十足，聲音略帶嘶啞：「詳細情形不知道，但我們相信，母艦的作用，是補充潛艇體積太小，不能提供太多的空間，去容納龐大體積的各種儀器或武器。」

法國女郎的話，聽來有點含含糊糊，但多半由於她的容貌美麗，體態撩人，她的同行，竟沒有提出進一步的責問。

小納道：「目標如此明顯，如果它在黑海的海面上移動，一定可以捕捉到它，但是當時，黑海海面上有船隻在移動，卻不是這艘。」

一個人道：「天，別告訴我俄國人已成功地使一艘艦隻隱形了。」

在場的人，又起了一陣小小的騷動。

使艦隻、飛機、重要的軍事基地，甚至整隊開拔的軍隊，和發射出去的導彈變成「隱形」，這正是最尖端軍事科學研究的目標。

所謂「隱形」，自然不是眞的隱形，而是一種目的使對方的雷達探測不到，使對方的高空攝影拍攝不到等等的一種方法，包括了僞裝、干擾對方雷達的探測波等等方法在內。

這種「隱形法」，目前還正在積極的研究階段，並未有顯著的實用成績，所以若是俄國人已可以成功地使美國間諜衞星的攝影裝備失效，自然又是一項了不起的軍事科學的大成就。

小納笑了一下：「當然不是，我們隨即發現，B3974號根本就在它慣常停泊的所在。」

各人互望著，加丹道：「這說明，這艘艦隻在那幾小時之中，已經完成了它的航程，回到了原來停泊的所在，我們無法獲知它什麼時候回來，所以也不知它航行了多久。但根據資料上，這艘母艦的最高航速來看，它並沒有駛出多遠，可能只是沿海的一次巡邏。」

不少人都皺著眉，心中有著同樣問題。其中一個，把衆人心中的問題，提了出來：「這些資料，都沒有特別的意義，我們要知道的是，三位地位如此重要的海軍將領，因什麼而死亡。」

加丹吸了一口氣：「這……我們可不知道，知道的是從那天起，再也沒有人見過那三個將領，一直到眞理報上，突然出現了訃告。」

小納歸結了一下：「所以可以肯定，三個將領是在B3974號上喪生的。」

有一個情報人員悶哼了一聲：「不見得是巴曼少將和上司意見不合，在艦上喋血決鬥，同歸於盡了吧。」

小納苦笑一下：「當然不是，在那艘艦隻上，一定發生了極其嚴重的事，不然，不會有三個高級軍事人員喪生，各位，是不是有什麼輔助的資料？」

各人都沉默著，不出聲，過了一會，那位美麗的法國女間諜才道：「兩年之前，維拉斯基少將，曾以一個軍事代表團團長的身分，訪問過法國，當時，他對法國的深水小型潛艇，表示了過分的興趣，使我們覺得十分奇怪，但是也不知他眞正目的。」

加丹苦笑了一下：「黑海艦隊中潛艇的數量，多得異乎尋常，目的自然是想利用潛艇打開黑海的航道。主要目標，也就是土耳其的幾個海峽，不過在現代深水雷達的探測設備監視之下，沒有可能任由潛艇通過，蘇聯海軍也明知這一點，所以不敢貿然行事。」

有兩個人表示了不耐煩：「死因不明，就只好再繼續留意新的資料了，看來我們這次集會，並沒有多大的用處。」

小納吸了一口氣：「各位如果沒有什麼補充，那等到下次再有事發生的時候再見吧。」

小納在這樣講的時候，語氣十分無可奈何，而且他也絕不知道「下一次有事」是什麼時候。他再也料不到的是：「下一次有事」，就在兩分鐘之後。那時，大家已紛紛準備離去了，英國情報人員拿著電話，示意小納去聽。

小納一接過電話來，只聽了一句，就大聲道：「大家等一等，有了新的情況。」

各人都停了下來，小納又聽了一會電話，才又到了電腦控制台前，按著按鈕，不一會，電腦螢光屏上，又亮起了畫面，看起來，仍然是海軍基地的高空鳥瞰圖，但是色彩繽紛。

小納指著螢光屏：「這是金屬光譜分析圖，各位請注意B3974號。」

大家的視線集中在小納所指處，看到那艘母艦的左邊，有著各種顏色的附屬潛艇，但是在右首的那艘潛艇，形狀雖然一樣，顏色卻只是灰白色。

加丹首先問：「這表示什麼？」

小納道：「這是根據土耳其方面的要求之後拍攝到的照片的進一步的分析，說明了兩艘潛艇中的一首，也就是右首的那一艘是偽裝的，它甚至不是金屬製品，是用木板製成的偽裝品，目的是不想人知道這艘潛艇已經離開了母艦。」

加丹「啊」地一聲：「喪生的三個將領，在那艘已離開母艦的潛艇上，而那艘潛艇有了意外，所以導致三個將軍喪生？」

小納和好幾個人齊聲道：「這是最合理的分析了。」

加丹的神情有點疑惑：「可是，我們一點也沒有接到有潛艇失事的報告。」

小納笑了笑：「黑海如此廣闊，潛艇可以在任何海域失事，貴國探測不到，十分自然。而且還有一點，似乎蘇聯軍事當局，也未能找到三位殉職者的屍體，我們得到的情報是，三位殉識者的家屬，只是應邀到艦隊總部進行了一個追悼儀式，甚至沒有骨灰，也沒有人見過遺體。自然，也有可能，潛艇發生了嚴重的意外，一切都成了碎片，什麼也找不到了。」

小納的話，得到了大多數人的同意，會議總算有了一定的結果，西方情報人員一致認為三位蘇聯海軍將領，死於一次潛艇的意外事故之中。

至於那艘隸屬於黑海艦隊的潛艇，負有什麼任務，為什麼會失事，自然不得而知，或許，在若干時日之後，會有資料顯示，也或許，永遠不會被其他國家知道，只有俄國人自己才明白。

這一類事，並不算什麼奇罕，例如三名蘇聯太空人，由於什麼意外，被焚斃在未升空的太空艙中，一直到現在，只怕也除了俄國人自己之外，不會再有別人知道眞相。

對於「死因研究」這件事，可以說已經告一段落了，而在這次聚會之後的三天，在土耳其，黑海沿岸，一處叫錫諾普的地方，發生了一件不尋常的事。

三、潛艇之謎

發生在錫諾普的異事，一定要從頭說起。

錫諾普，是土耳其中北部沿海的一個海港，只有五萬人口。它是一個歷史古城，城市的歷史，可以上溯到公元前八世紀，在建城之後的三百年，錫諾普受雅典人的統治，一度是古代重要的貿易港口，而且，在其後兩百年，又曾成爲本都王國的國都，這大概是這個都市歷史上的黃金時期。

可是後來，它又被羅馬征服，成爲東羅馬帝國拜占廷王朝的屬土，再後來，又曾被突厥人佔領，十五世紀時，又成爲奧斯曼帝國的屬土，小小的一座城市，在歷史上來說，可以說記錄了黑海沿岸，歐洲和亞洲的種種變遷和動亂，如果它會說話的話，一定可以告訴人類，許多歷史上的秘辛。

這個歷盡滄桑的城市的最後一劫，是十九世紀時俄國和土耳其的戰爭。這場俄土戰爭，把小城的建築，摧毀殆盡——這實在是人類建築史上的極大損失，因爲在錫諾普變化曲折的歷史中，留下了許多有價值的建築物，許多古希臘、羅馬時期的建築和堡壘，都在這次戰爭之中，成了廢墟。

這個小城市，有著這樣輝煌悠久的歷史，和這個故事，多少有點關連。所以敍述得比較詳細一些，日後事情發生時再提及，就容易明白得多。

錫諾普基本上是一個海港，和內地的交通，因爲高山阻隔，所以不很發達，主要的交通，全是海上交通，而它的位置，是在一個突出的小小半島上，三面環海，和海的關係，相當密切。

一座濱海的古城，必然產生一種行業：潛水尋寶。不管是不是眞的可以在海中找到古代的寶物，這種潛水尋寶的行業，對於性好冒險，又性好一下子變成巨富的人來說，有著無比的吸引力。

錫諾普的潛水尋寶業，不算太發達，因爲多少年來，並沒有什麼特殊的發現，自然也未曾造成大的哄動。但仍然有不少人堅信，一定可以在這裡附近的海域，找到一些古代的寶物，所以，也經常有本地的，來自外地的潛水員在市中，人數不會太多，大約七八十人左右，都是專業潛水員。

在錫諾普市的市區東北部，可以望到浩瀚海洋的一條小街盡頭的海洋酒吧，是這些潛水員最喜歡聚集的地方。

在海洋酒吧，他們談天說地，交換心得，交換聽來的傳說或互相出讓「沉船海圖」，有時，有人自海中找到了一些不知名的物體，也會在酒吧中拿出來傳觀研究，可惜大都沒有結論，而那些物體，除了找到它們的潛水員之外，誰都不屑一顧。

到最後，幾乎每一晚都沒有例外，每一個人都喝得醉醺醺地離去。

酒吧的主人，沒有人知道他的眞實姓名，大家都叫他老情人，這是一個十分怪異的外號，他老，至少已經七十歲了。可是爲什麼叫他老情人呢，不可考了，或許早四十年或三十年，他曾是某些女士心中的情人，但現在，雖他仍然身形高大，骨格粗壯，依稀可見當日的雄風。然而歲月不饒人，在粗大的骨骼之外，不再是結實的肌肉和緊綳的皮膚，而代之以鬆弛的，像是隨時可以剝下來的贅肉和滿是皺紋，甚至打著皺叠的皮膚。

他的皮膚上，永遠有著膚屑，或許是長期在海邊生活的緣故。

不過，如今是單身的老情人——從來也未曾有人見過他曾有妻室，精神還是十分好，不論顧客在他的酒吧中躭到多麼晚，只要有一個顧客還能開口說出「再給我一杯酒」，他決不打烊。而且，寂寞的顧客想要談話，他是最好的對象。不但他是最好的聽衆，而且，上至天文，下至地理，他無所不通，最重要的是，他年輕時，是一個極其出色的潛水員，他的無輔助工具的深水潛水記錄是一百二十公尺，這是一項迄今無人可以打破的世界紀錄。

雖然，他創造這項「紀錄」時，只有他自己一個人，並沒有任何人證物證，但既然老情人是一個那麼好的酒吧主人，誰會不相信他自己聲稱的記錄呢？

老情人這個人，也不單只是一個小地方的酒吧老闆，由於各地有資格的潛水員，都曾到過錫諾普，又都曾到海洋酒吧，所以在專門性的、世界性的潛水員雜誌中，曾有過對他的專文介紹，上面還有他的大幅相片。這些相片，他向雜誌社要了幾十份，張貼在他的酒吧的每一處當眼的所在。

總之，老情人是一個十分有趣，值得一記的人，何況他對這個故事，也有一定的關連，所以多花一點筆墨去形容他，也是值得的。

那天晚上（在倫敦的北大西洋公約國家的情報人員聚會的三天之後），酒吧照例自黃昏起就熱鬧非凡。老情人相當有詩意，他把酒吧向西的那一面，整幅牆都打掉，而代之以巨幅的玻璃，目的是可以讓顧客在黃昏時分欣賞到美麗的「黑海落日」。

可是顧客卻顯然沒有這麼詩意，眼睛盯著酒杯的時候多，望著海面的時間少，雖然落日的景色，眞正是罕見的瑰麗。

老情人在酒吧最忙碌的時候，請有四個助手，全是年輕貌美的土耳其女郎，有著蜜一樣的皮膚和同樣甜的笑容，周旋於顧客之間，使顧客更輕鬆快樂。

那個瘦削的，看起來帶有神經質的青年人，是在晚上十點鐘左右進來的。

老情人特別注意到這一點，並不是在他進來的時候就留意的——顧客那麼多，他不可能注意到來來去去的每一個人。老情人是在凌晨兩時，整個酒吧中只剩下了那青年人一個人的時候，才想起他是大約十點鐘來的，已經四小時了。他翻閱了一下賬單，這個青年人已喝了差不多一瓶半威士忌——本地製造的劣質威士忌，酒精成份相當高，一瓶半是一個相當的數量。

這時，請來的助手早已離去，老情人向那青年人看去，看到那青年人盯著面前的酒杯，緩緩轉動，神情並不像醉，可是有一種難以形容的神思恍惚。

前幾晚，老情人也見過這個青年人，一個當地的老資格潛水員帶他來，介紹時說：「班提斯先生，葡萄牙來的深水潛水員。」

老情人照例和他握手，祝賀：「祝你有很好的成績。」

班提斯當時的反應就很怪，他神經質地道：「你怎麼知道我是來找東西的？對不起，請你別替我宣揚，我想保守秘密。」

這種充滿了信心而來，一心以爲只要他一下海，就有十艘八艘古羅馬載滿金銀的沉船在等著他的潛水尋寶人，老情人見得多了，自然見怪不怪，爲投其所好，老情人當時也壓低了聲音道：「是，是。要是宣揚出去，大家一窩蜂跟著你，就不好了。」

班提斯滿意地向老情人眨著眼，雖然老情人明知道結果一定和今天晚上一樣：在一些日子之後所有錢都用完了，垂頭喪氣，最後在酒吧中大醉，明日帶著痛得像是要裂開來一樣的頭，黯然離去。

不過潛水尋寶自有它吸引人之處，黯然離去的人，在若干時日之後，說不定又辛勤工作而積聚了一些經費，又會興沖沖趕來。

這一晚上，老情人看到班提斯那種神情，自然而然，想到是發生了什麼事情了。

他在櫃後看了一會，拿了一瓶威士忌，走到班提斯的桌前，坐了下來。以他的經驗，可以判斷，班提斯雖然喝了不少酒，但決沒有醉。

老情人先替自己斟了一杯酒，向班提斯舉杯，班提斯也舉起杯來，兩人喝了一大口酒。老情人有一套現成的，說過了不知多少遍的，對失望的潛水尋寶人的安慰鼓勵詞。這時，他正準備把這一些安慰鼓勵的話從頭到尾說一遍，班提斯竟然先開了口。而且，開口就叫老情人嚇了一跳。

班提斯呼吸急促，雙眼有點發直，聲音之中卻又充滿了興奮：「你猜我發現了什麼？你再也猜不到。」

老情人怔了一怔。

雖然多少年來，並沒有人發現過什麼，但是錫諾普的歷史如此久遠，海上交通又這樣發達，有滿載寶物的船沉在附近的海域之中的這種想法，在人們的腦海之中，根深蒂固。

老情人年輕時也是潛水人，同樣也做過發現沉船的美夢，所以這時一看到班提斯的語氣神情如此異樣，他也不禁心頭怦怦亂跳。

在他和班提斯互望了半晌，他又大大喝了一口酒之後，他才問道：「發現了什麼？」

班提斯先是長長吁了幾口氣，才道：「我也不敢肯定，我明天還要再去看。」

老情人陡然之間，有被愚弄之感，他發出「哼」地一聲。班提斯陡然一伸手，抓住了他的手臂：「我不能肯定，其實我是可以肯定的，不過不應該……在海底發現這樣的……東西。」

老情人並沒有掙脫班提斯的手，只是道：「你究竟發現了什麼？」

班提斯道：「你能保守秘密，在我沒有進一步肯定之前，講出去……會……會……」

老情人又哼了一聲：「你究竟在海底發現了什麼？一座宮殿，裡面住著人魚公主?」

班斯不理會對方的嘲諷，說道：「當然不是，我發現了……一艘潛艇。」

老情人一聽，陡地站了起來，又坐了下去，心中說不出來的氣惱。

在海中發現了一艘潛艇，這有什麼可以值得大驚小怪的?潛艇本來就應該在海中，就像在天上看到了飛機。要是在天空上發現了潛艇，那才值得這樣子神秘。

老情人立刻下了判斷：這個年輕人因爲失敗而酗酒，他還想引起別人對他的注意，可是他已經醉得連編一個像樣的故事都不能了。

他拍了拍班提斯的肩頭，用充滿了同情的語調道：「回去吧，等到有機會的時候再來。」

班提斯一點也沒有把老情人的勸慰放在心上，只是自顧自地道：「眞怪，一艘俄國潛艇，在這裡海底幹什麼?他們一定也看到我了……」

老情人怔了一怔，道：「俄國潛艇?」

土耳其和蘇聯，不但隔海遙對，而且陸上也很多接壤之處，土耳其有這樣的强鄰，自然舉國上下，都比較敏感，這是爲什麼老情人一聽到「俄國潛艇」，就有異常反應的原因。

這時候，班提斯已經坐不直了，身子伏在桌上，老情人用力推他兩下，問：「你說什麼？俄國潛艇？你在哪裡發現它？」如果是在離岸不遠處，發現有俄國潛艇，那就是蘇聯潛艇侵犯了土耳其的領海，可以釀成嚴重的國際交涉。

在老情人的追問之下，班提斯只是含糊地道：「我會再去弄清楚，再去弄清楚。」

接著，不論老情人怎樣再搖他，看來不到天亮，他是不會清醒的了。

老情人慢慢呷著酒，把班提斯的話，又想了一遍。潛水人在海中遇上潛艇，當然可能，可是聽班提斯所說，他遇到的潛艇，似乎並不是在航行中，而是停在海底的，通常來說，潛艇不會在淺水區的海底停下來不動。

老情人想了一會之後，仍然決定班提斯的話，是酒後胡言。所以，他也未曾再在意。

第二天，班提斯是什麼時候離開酒吧的，也沒有人知道，一切仍和平時一樣，等到黃昏時分，酒吧中又有人開始聚集，老情人不時問一些進來的人：「見到那個葡萄牙來的青年人沒有?」

進來的人都搖著頭，只有一個本地的潛水員，發了幾句牢騷：「你問的是班提斯?這個人，神秘兮兮，好像他一下海，就會找到所羅門王的海中寶藏，一直只是一個人行動。他發現了什麼?」

老情人想起班提斯昨晚所說的話，只覺得好笑，所以他順口說道：「他說他發現了一艘俄國潛艇。」

隨著老情人的話，酒吧中立時發出了一陣轟笑聲，看來人人都當作笑話來聽。當晚，班提斯沒有出現，也沒有人覺得意外，因爲很多潛水尋寶人都是這樣的，大張旗鼓而來，偃旗息鼓而去，見怪不怪。當晚沒有班提斯，不是又多了兩個才從雅典來的小伙子，在大談古代海上貿易，必然在錫諾普的海域之中，留下了許多滿載珠寶的沉船嗎?

可是又到了第二天，事情有了不尋常的發展，先是在中午時分，有人發現一艘無人駕駛的船隻，在海上漂流，發現者登上那艘船，發現船上一個人都沒有，但是有著相當完善的個人潛水設備，這一類船隻，在這個海港中相當多，大都是出租給潛水人出海之用。

發現者把無人的空船拖回海港，和出租船公司聯絡，出租船公司立即就認出，這艘船是租給一個持葡萄牙護照的，名叫班提斯的潛水人的。

消息傳開之後，聚集在海港看熱鬧的人之中，也有很多人認得出，過去幾天，每天一早，班提斯就駕著這艘船，獨自一人出海，有時天黑回來，有時就在海上過夜——這是普通潛水尋寶人的活動，十分正常。

但是船在海上飄流，人不見了，這種情形，就十分不正常。於是，在衆人議論紛紛之中，有人主張向海上巡邏隊報告。

當地的海上巡邏隊，隸屬於市警察局，在報告了之後，照例有警官上船調查，船上沒有任何可疑之處，令人不明白的是，除非班提斯另外有一整套潛水裝備，不然，在他失踪的時候，根本沒有攜帶潛水裝備，因爲船公司提供的所有裝備，全都留在船上。

海上巡邏隊照例派船進出去搜尋，到了黃昏時分，海洋酒吧又開始擠滿了人之後，這件事，自然成爲人人交談的話題。而發現那艘船隻的兩個潛水人，也自然成了中心人物。

其中一個正在大發議論：「我們發現那艘船的海域，正在魔鬼暗礁的附近，那地方，大家都知道——」

他講到這裡，聳了聳肩，沒有作進一步的解釋。

聽衆全都是有資格的潛水人，人人都熟知這一帶海域的情形，不必介紹「魔鬼暗礁」是什麼，但作爲這個故事的敍述者，有必要比較詳細地介紹一下。

魔鬼暗礁，名稱雖然駭人，但那也不過是在離岸東北方向，約十海哩左右處，海中的一大堆暗礁。這一大堆暗礁之所以有「魔鬼」的名稱，是因爲海水由於礁石分佈，而形成許多大小不一的漩渦。究竟有多少漩渦，從沒有人統計過，有的大漩渦之中，還套著小漩渦，在海流急驟的時候，漩渦也加急，可以在海水之中，看到黑色的，嵯峨的礁石。

這一帶，非但沒有潛水人敢下水——那是由於許多年來，在急速的漩渦之中，遇難的人太多因而積果下來的死亡經驗，而且，船隻航行到這一帶，也遠遠避開去，免得被突然遇上的漩渦，把船扯翻——這種事情，也不止一次發生過。

所以，魔鬼漩渦是潛水尋寶人一提起，又愛又恨的一處所在。

潛水尋寶人愛這處所在，因爲那是他們希望的寄托：在這一帶海域，如果有古代沉船的話，那當然魔鬼暗礁一帶，是沉船集中處，這給予他們無比的希望。

而恨，是由於沒有人敢以接近這處海域而引起的。

這種情形，也使得潛水尋寶人心理上可以取得某種慰藉——雖然他們找不到什麼寶物，但是他們堅信寶物的存在。

這就像一個人肯定他在瑞士銀行的密碼戶口中有大量的存款，可是卻記不起密碼了一樣，在心理上可以好過一些。

所以，當人們聽到空船是在魔鬼暗礁附近發現的，人人都發出了「啊」地一聲。那個發現者舉起杯來：「如果我們的同業，班提斯先生，是由於勇闖魔鬼暗礁，而遭到了不幸的話，大家應該爲他的勇氣，而敬他一杯！」

在酒吧之中，不論有人爲了什麼理由提議乾一杯，一定有人響應，何況這時的提議又是如此光明正大，酒吧之中，立時人人舉杯，把杯中的各種各樣的酒，向口中灌進去。

老情人在這時，表現了他爲人喜歡的特出，他大聲宣佈：「剛才爲班提斯先生乾的那杯酒，由酒吧請。」

大家用掌聲回報了老情人的慷慨，那發現者向著老情人，大聲問：「在魔鬼暗礁遇事的人，屍體被發現的機會是多少？」

老情人也大聲回答：「零。」

在魔鬼暗礁遇事的人，從來只被列入「失踪」，而不會立刻被列爲「死亡」。原因正如老情人所說的，在那裡出事的人，屍體被發現的機會，等於零。

因爲無數急速的漩渦，會把人的身體，一直扯向海底，而海底的暗礁，由於億萬年來急流的衝擊，礁石堅硬鋒銳。血肉之軀一被扯下去，撞在鋒銳的礁石上，自然無法保持完整，也就很快成爲生活在暗礁漩渦一帶的海洋生物的食物。

所以，從來也未曾聽說過，有什麼人在那裡出了事，屍體會被發現。

一個潛水員用充滿了傷感的聲音道：「可敬的班提斯，我們再也沒有機會見到他了。」

講這句話的潛水員，就是第一次帶班提斯進酒吧的那個人，他接著，又講起有關班提斯的一切：「他今年二十八歲，但八歲開始潛水，各位如果留意潛水人雜誌的話，當可記得有專文介紹過他，他是地中海潛水十傑之一，有過多項的深水潛水記錄。他曾對我說，他有把握發現前所未見的海底大寶藏。

他講到這裡，頓了一頓，又無限惋惜地道：「可惜他太神秘了，一點也不肯透露他認爲有可能的地點。如果他向我說及那竟是魔鬼暗礁，我一定勸他不要去，不要去。」

幾個年老的潛水員大是感慨：「是啊，誰不知道魔鬼暗礁有大量沉船，必然也有大量寶物，但那是屬於魔鬼的，不屬於人類的。」

有人喃喃地道：「或許，他爲了得到寶藏，而寧願參加魔鬼的行列？」

酒吧中的人，有著各種不同的宗教信仰，在聽了這樣的話之後，都低聲禱告了幾句。一個人問：「他既然是經驗豐富的潛水家，應該知道千百個漩渦的危險。」

衆人又議論紛紛起來，有的說他太富自信，藝高人膽大，有的說他可能獲得了十分確切的資料，所以人爲財死，等等不一。

在議論到了最熱烈的時候，忽然有人大聲道：「老情人，再給我三份威士忌、加冰。對了，你昨天說，班提斯曾告訴過你，他在海底發現了一艘潛艇？」

老情人一面倒酒，一面道：「是，他還說，那是一艘俄國潛艇，他似乎覺得事情十分怪，所以一再說還要去弄清楚。」

那人道：「這樣說，他發現俄國潛艇的所在，就是魔鬼暗礁了？」

老情人把一杯加了冰的三份威士忌遞給了那人：「他沒有說。俄國潛艇到裡去幹什麼？潛艇，沒有理由被漩渦捲進去的。」

好幾個人咕噥著：「難說，在大海之中，什麼都可能發生。」

酒吧中的議論，自然不會被列入任何正式的記錄文件。但是警方在報告班提斯的失踪事件的文件之中，卻提及了班提斯在失踪前一晚，向人提到他曾發現了一艘俄國潛艇這一點。

正由於報告中有這一點，所以當報告上達到了某一階層時，有關方面認爲這一點和國防有關，把報告的副本，呈國防部審閱。

國防部在接到了這樣的報告之後，自然轉情報機構傳閱。對於這種空穴來風式的「情報」，本來是絕不會引起多大注意。照例，有關人員看了之後，歸入檔案，從此不再有人提起。

可是這一次，卻有點例外，因爲情報機構中，有一個人，恰好看到了這份報告。看到了這份報告的人，正是那個在倫敦的情報人員聚會之中，曾作大量發言的，年輕的土耳其情報人員加丹。

加丹初看這份報告，也抱著不經意的態度，可是他卻越看越被吸引，而且，立即和蘇聯黑海艦隊三位將領神秘死亡一事，聯繫起來。

（不論做什麼事，都需要有豐富的想像力，甚至情報工作也不例外。）

在衞星相片的色譜反應分析之中，證明母艦在啟航前後，有所不同，啟航之後，有一艘潛艇是僞裝的，也就是說，有一艘潛艇，秘密開航，目的地不明。

這艘潛艇，曾被假定爲出了意外，所以才使三個將領喪生，但是沒有任何潛艇失事的報告。

那麼，是不是這艘潛艇帶著某種秘密的目的，來到了土耳其錫諾普海域附近呢？

至少，可能性是存在的。

雖然，那份報告中强調，那是潛水員班提斯酒後所透露，可信度不高。但是加丹的看法，恰恰相反，他認爲可信度相當高。

因爲班提斯在海中看到的，並不是什麼怪異的東西，而是應該在海中出現的潛艇。這證明他不是有心捏造。

如果他有心捏造的話，應該捏造聳人聽聞的，不該在海中出現的東西。

而且，加丹還感到一點：班提斯一定覺得這艘潛艇特異，所以才語焉不詳，而要去進行進一步的探索，以求究竟。

而他，顯然就在進一步的探索行動中出了事，以致失踪。自另一個角度，說明了這艘俄國潛艇，有怪異之處。

至於班提斯如何肯定那艘潛艇是俄國潛艇，加丹倒並不懷疑，因爲他知道母艦附屬的兩艘潛艇都是一樣的，他近日已獲得了另一艘的照片，艇身上有著明顯的五角星，和蘇聯國家的標誌：「CCCP」。

令得加丹疑惑不已的是：這艘潛艇，如果好好地在海底的話，何以蘇聯方面發表了三位將領的死訊？是不是那是一項煙幕？目的是要使西方國家的情報當局，認為這艘潛艇發生了意外，導致三個將領的死亡，從此不再追查那艘潛艇的下落？

如果是這樣的話，那麼，潛伏在土耳其領海之內的那艘潛艇，一定在進行著一項重大的陰謀，作為土耳其的情報人員，這是非弄個明白不可的大事。

加丹有了這樣的結論，心情又是緊張，又是興奮。他，作為一個出色的情報人員，這時，在有限資料上，達致這樣的結論。相當難能可貴。

當然，後來事情的發展，和他所想的不一樣，那也不能怪他，事實上，想像力再豐富的人，也想不到事情會那樣匪夷所思。

加丹本來想將這一項新發現通知小納，可是他想了一想，覺得單憑一個潛水員酒後的話，就驚動友國，未免有點小題大做，所以就取消了這個行動，決定自己先到錫諾普去親自調查一下再說。

加丹的行事十分愼重，在出發之前，他充分地了解了錫諾普一帶的海域的資料，也參攷了一切有關魔鬼暗礁的資料。

他更通過了葡萄牙方面，獲得了班提斯的資料，自信一切準備充分，才請示上級批准，到錫諾普去進行實地調查。

四、連續失蹤

加丹到達錫諾普時是中午，他在酒店中一放下行李，就到當地的海岸巡邏隊總部，和領導人接頭，得知了更多在事後搜尋經過的報告。

所謂「搜索行動」，遺憾得很，實在進行得十分草率。一則，空船在魔鬼暗礁附近發現，先入爲主的觀念是：是在魔鬼暗礁範圍內失事的。

（反倒是加丹，立即想到的是：如果眞是在魔鬼暗礁範圍內失事的，空船一定在那範圍之中，被千百個漩渦扯著打轉轉，而不會輕易飄出來，一直到有風浪時，空船被扯進水底爲止。）

而海外巡邏隊不會冒險駛進暗礁的範圍之內去搜尋，只是在發現空船的附近，繞了幾個圈就了事，自然更談不上派潛水人員下水去搜索了。

加丹有點不滿意，問了一句：「爲什麼不派人下水去搜索一下？」

海岸巡邏隊的隊長是一個老油條，慢條斯理地回答：「派人下水去搜索？我們一共有三個潛水員，你想他們抽簽決定誰去送死？」

加丹碰了一個軟釘子，作聲不得，又道：「既然有有關蘇聯潛艇的報告，可有加强巡邏觀察，監視行動？」

老油條隊長呵呵笑著：「小伙子，我管的是屬於警方的巡邏隊，捉走私船是我的事，捉俄國潛艇，且等我當了海軍上將再說，請吧。」

加丹苦笑著告辭，半小時之後，他走進老情人的酒吧。

酒吧中出現了生人，本來不足爲奇，可是出現了一個一望而知絕不是潛水人的生人，就引人注目之至。經常潛水的人，尤其是專業的潛水員，有著許多內行人一眼就可以看得出來的特徵。最明顯的，自然是他們都有著久經日晒的黝黑的皮膚。還有是粗壯的小腿，看來有點笨拙的走路姿勢，說話間不自覺的口腔呼吸，等等。總之，內行人一下子就可以看得出來。

加丹一走進來，人人可以看出這個陌生人不是潛水人。所以，當加丹充著十分熟絡，向酒吧中各人打招呼，反應十分冷淡。

加丹看出了這一點，他在櫃前坐了下來，老情人來到了他的面前，他就不再充內行，老老實實地問：「我應該叫什麼酒？」

老情人先不回答，只是反問：「那要看你到這裡來的目的是什麼。」

加丹故意提高聲音：「我想招請幾個有經驗的潛水人，工資可以出到一百美元一天。」

加丹的話，立時引起了一片口哨聲，有七八個人，向他走了過來，老情人沒有說什麼，拿了一瓶啤酒，在加丹的面前一放。

加丹也不知道在這裡，越是和潛水外行的人，喝的酒就越淡，老情人這是表示看不起他的意思，他不知道，很高興地喝著啤酒，問那幾個圍上來的人：「你們都是潛水員，有興趣應聘？」

那幾個人都不出聲，只是望著加丹。他們顯然對每天一百美元的酬勞有興趣，那兌換起土耳其里拉來，是一筆不少的數目。

但他們也同樣，先要知道他們的任務是什麼，一個有經驗的潛水員，不會因爲高薪而一下子答應，他們一定先要知道任務是什麼。因爲許多潛水任務，都高度危險。若是有生命危險的任務，一百美元一天，自然不算什麼。

加丹不是很懂，一時之間不知如何才好，老情人倒很有同情心，提醒他：「你先得告訴他們，你要他們幹什麼事情。」

加丹恍然大悟，不好意思地笑了笑，摸了摸他柔軟的頭髮：「事情和一個失踪的潛水人有關，這個失踪者的名字是班提斯——」

他才講到這裡，圍上來的那七八個人，早已各自走了開去，回到了他們原來的位置。加丹怔了一怔，提高聲音：「大家一定還記得他，就在不久之前，他出海，他的船被人發現在魔鬼暗礁附近——」

當他講到這裡時，他自己停了下來，因爲他發現整個酒吧之中，根本沒有人在聽他說話！

他停了一下，大聲叫：「兩百美元一天！」

一樣沒有人睬他，他再叫：「三百美元……四百……五百！」最後，他聲嘶力竭：「一千！」

老情人在他身後嘆了一聲：「先生，請問，一個人若是死了，一百萬美金對他又有什麼用處？」

被所有的人，當作透明人，像是根本不存在，這種滋味，不是很好受，加丹有點激動：「不單是酬勞的問題，曾發現有俄國潛艇，那是一種入侵行爲，多少也該爲國家做點事！」

加丹這幾句話，才一出口，更引起了轟笑聲，有人叫道：「有俄國潛艇？叫海軍也派潛艇出來對付吧！」

在接下來的時間中，加丹和許多人爭辯，威脅利誘，可是一直到午夜，大多數人已經有酒意了，仍然沒有人肯應邀去尋找班提斯。

加丹不得不承認失敗，他黯然離開酒吧，老情人追了出來：「你是政府工作人員？」

加丹無精打采地點著頭，老情人搖頭道：「這就是你的不對了，你既然是政府工作人員，如果要尋找什麼俄國潛艇，那就應該動用軍隊的力量！那地方是魔鬼暗礁，沒有人敢去，那地方傳說有滿載金銀珠寶的沉船，也沒有人敢去！」

加丹嘆了一聲，他何嘗不知道軍隊的力量十分有用，可是他不能不顧慮到微妙的局勢：要是土耳其的潛艇，眞的在領海之中，發現了俄國潛艇，那該怎麼辦呢？

反而更糟！開火嗎？可能導致大戰，裝聾作啞嗎？國家的顏面又何存？

若是民間的潛水員發現了，而又有了確鑿的證據，通過外交途徑，令蘇聯把潛艇駛走，一場大災禍，就可以大事化小，小事化無。可是，根本沒有潛水員敢去作冒險，這實在令人沮喪。

他在氣憤之餘，「哼」地一聲：「我到現在才知道，土耳其人的勇氣，遠比不上葡萄牙人！班提斯敢去的地方，我們就沒有人敢去！」

老情人爐火純青，「哈哈」笑著：「錯了，這只證明葡萄牙人的愚蠢，先生，你能把一個從三十層高樓向下跳，希望可以奇蹟生存的人，叫作勇敢嗎？」

加丹眨著眼，一時之間，說不出話來，老情人一直笑著，走回了酒吧。加丹走向海邊，一個人站著，望著在黑暗之中，閃耀著細小亮光的海面發怔。他無法在當地組成一隊潛水隊，只好快快回到酒店，想來想去，心想要是有設備良好的深水小型潛艇，只要會操縱潛艇，一樣可以深入海底去探索。

於是，他和海軍方面聯絡，可是第二天，海軍方面的答覆是：「本部並無此等設備。」

加丹只好暫時離開錫諾普，他是準備去向小納求助的，美國情報機構，多半可以調動這樣的潛艇，在離開之前，他在錫諾普的電訊局中，和小納通了一個電話，把他的新發現，向小納說了一遍，也提出了他的要求。

小納聽得大感興趣，因爲在他那一方面，也有了新的情報。

小納在電話中，並沒有向加丹說及新的情況，只是答應加丹，盡快安排，並且建議加丹留在錫諾普，盡量留意潛水人在海中的異常發現，並且每天保持聯絡一次。

加丹當時十分興奮，答應了留下來——不過，他沒有做到「每天聯絡一次」的承諾，因爲在那天早上，他離開了電訊局之後，又發生了一些新的情況，使得他無法和小納聯絡。

事實上，加丹在離開了電訊局之後所發生的事，只是零零碎碎的一些敍述，沒有人知道正發生了什麼事，因爲，加丹失踪了，和他同時失踪的，是兩個由英國來的潛水專家。

有人見到，加丹在回到酒店之後，在酒店的大堂中，那兩個英國潛水人在等他，三個人交談了片刻，沒有人知道他們談些什麼，但是看到的人，都注意到了加丹的神情十分興奮。

他甚至沒有回房間——雖然他才回酒店的時候，看到他的人。都說他倦容滿面，而這時他突然興奮起來，自然是兩個英國人帶給了他好消息。

是什麼好消息，倒也容易知道，因爲加丹立時用櫃檯上的電話，向一家租船公司聯絡，需要一艘船，和良好的三個人的潛水裝備。

可想而知，這兩個英國潛水人，是想賺一千美元一天的酬金，答應了加丹的要求。

接下來，三個人一起離開了酒店，他們再被人看到時，是在碼頭，很多人看到他們登上了一艘設備良好的船隻，駛出海去。

由於昨天晚上，加丹曾在酒吧中大發議論，所以碼頭上很多人都認識他。當船隻緩緩駛出海去的時候，還有人在大聲問：「眞的到魔鬼暗礁去？」

加丹沒有回答，看到他的人說他一臉傲然之色，對於人家的問題，不屑回答。

那時，是當天的上午十一時。

這艘船當晚並沒有回到碼頭——這已經成了當晚酒吧中的話題，甚至有好事者，穿梭來往碼頭和酒吧之間，以便看見那艘船一出現，就可以向衆人報告，但一直到凌晨兩時，酒吧打烊了，那艘船還沒有出現。

船，後來被發現了，第二天下午，船被人發現在海面上漂流，是空船，情形和班提斯的船被發現的時候完全一樣。

令人不可思議的是：船上供三個人使用的完善的潛水裝備，包括新型的水肺、水中推進器，等等，全都原封不動地留在船上，根據出租這種器材的公司職員稱：一定未有人動用過這些器材。

這實在不可想像——在錫諾普的潛水界、漁業界……以及一切和海有關的行業之中，甚至引起了一陣莫名的恐懼。

三個人，或者連班提斯在內，四個人，若是在魔鬼暗礁的海域中潛水而失了踪，那絕不足爲奇。因爲人人皆知那一帶海域千百個大小漩渦，每一個都可以把潛水人吞到海底去。

可是，這四個失踪者的潛水用具卻全留在船上。

這說明了什麼呢？只可能是兩種情況：

一、他們根本沒有潛水，他們的失踪，和潛水無關，是在一種不明的情況下，在船上消失的。

二、他們曾不用潛水裝備而下水去。

所有的人，寧願相信第一種情況，因爲不用潛水設備而下海，這不能想像，就算是白痴，也不會這樣做。所以，才引起了恐懼，因爲在魔鬼暗礁的海域中遇險，可以避免，只要不到那地方去潛水就是了。但是，如果無緣無故，人在船上會消失的話，那無可避免，這種噩夢一樣的事實，可以發生在每一個出海的人的身上。

所以，當那艘空船被拖回碼頭，消息一傳開來，人人大驚失色，接下來的幾天，根本沒有人敢遠航，大都離岸三浬，就折回岸上。

加丹失踪的報告，很快由土耳其情報機構，轉到了小納的手上。

那是加丹和小納通過了電話之後的第三天，小納辦事相當快，已經和法國方面聯絡好，一艘性能極完善的深水小潛艇，已經自法國南部的一處海軍基地出海，駛向錫諾普。

從法國到錫諾普的航程，並不算太遠，由地中海，經黑海海峽，就可以直接進入黑海。

黑海海峽是由土耳其控制的，但由於這是黑海通向外海的唯一通道，所以訂有國際公約，一九三六年訂定的「蒙特勒公約」，至今有效：黑海國家的艦隻，除航空母艦和潛艇外，可航行黑海海峽。

非黑海國家的限制相當嚴，只准小型艦隻通過，如果在戰爭時期，限制自然更嚴。

不過，這艘小型潛艇，通行自然沒有問題，是經由土耳其軍方特別批准的。

可是，小型潛艇還未進入黑海，加丹失踪的消息已經傳到，小納接到了報告之後，不知該如何才好，他所能做的只是調查和加丹一起失踪的那兩個英國潛水人，調查的結果是，那兩個英國人來自英國的撲茨矛斯港，的確是專業潛水人，如此而已。

或者應該說明，我和這件事發生關係的時候，加丹已經失踪，空船在海上漂流，地點和發現班提斯空船處一樣，被拖回錫諾普，但是小納還沒有接到加丹的失踪報告之前的某一個晚上。

五、蓋雷夫人

那時，我在美國有事，小納神通廣大，由於我在美國進行的一些事，必須和一個相當奇特的、專負責追尋許多不可思議的事有關的一個部門接洽，又和太空總署的官員打了一些交道，所以消息靈通的小納，知道了我的行踪，硬邀我去參加一次聚會。

這是一個十分特別的聚會，大約有十來個人，每個人見到了我，都表示十分親熱，可是這些人的身分，卻一聽而知，全是假的，什麼「巴黎女服公司營業代表」，「倫敦拍賣行公共關係經理」之類，鬼才會相信那是他們真正的身分。

自然，他們真正的身分，也不是很難猜，所謂物以類聚，像小納這樣身分的人，召集的聚會，既不會是飲食專家的聚會，也不會是音樂家的聚會。那些身分刻意掩飾的人，自然全是各國的情報人員。

這種聚會，我沒有什麼興趣，雖然我在美國進行的事已經告一段落，沒有什麼事在身，但我也寧願去做點別的事情。

小納盛意拳拳，我本來準備到一到就走的，可是一去，第一個話題，就引起了我相當的興趣，小納提及了一個名字叫「蓋雷夫人」的人，說她是如今華沙公約組織的最高情報首長，並且指著我說：「我和衞先生有幸曾和這位夫人打過交道。」

我才坐下不久，一聽得小納這樣說，不禁直跳了起來，抗議道：「小納，你胡說八道什麼？我從來也沒有見過這個什麼蓋雷夫人。」

小納笑著：「你忘了？那個石礦場開山開出來的石頭，顯示了蘇軍在阿富汗的秘密導彈基地，全世界情報人員集中和你打交道的那一次？」

那次事，我自然記得的，那是一樁不可思議的事，全世界特務來找我麻煩，卻是一齣鬧劇。

（整件事，記述於題名「命運」的故事之中。）

可是，我仍然想不起什麼蓋雷夫人。

小納哈哈笑著：「那個又乾又瘦的老婦人，當時她曾使用立陶宛的語言，你用相同的語言回答她，她對你另眼相看，說很希望和你再見。」

我想起來了，那個瘦子乾枯，看起來像是風都吹得起的老婦人，我在當時就知道她大有來頭，但卻想不到來頭如此之大。

我笑道：「我才不想和她再見面——」

由於明知在場的全是情報人員，我自然也不便太直率地表示我對特務的厭惡，所以話只講了一半，就沒有再講下去。

小納道：「聽說蓋雷夫人在HGB的地位，更是神秘，有人甚至說她已屆一百高齡，還有人說她是被處決了的秘密警察頭子貝利亞的母親。」

我聽得哈哈大笑，傳說之荒謬，莫此爲甚了，可是再聽下去，更是連笑也笑不出來了，一個中年人噴著煙斗，道：「還有人說，她就是當年革命之後，失踪了的尼古拉沙皇的女兒，凱薩琳公主。爲了報仇，她不知用什麼方法，打進了秘密情報機構，迭建奇功，在蘇維埃內部搗亂，使得許多蘇維埃政權的建立者自相殘殺。」

我揚起手來，表示投降：「想不到各位的想像力如此豐富，我看再說下去，她會變成觀音再世了。」

在場一大半人不知「觀音」是何方神聖，纏著要我解釋。等到弄清楚了之後，小納已換了一個話題，在說到他向法國方面，交涉借用深水小型潛艇的經過，一個身型高大，顯然是法國人的傢伙，神氣得意非凡，大聲道：「這一方面，法國確實是世界第一，沒有任何國家，可以有比法國更先進的小型深水潛艇。」

我如果不多嘴，只怕以後也就沒有事了。但是我對這種不知天下之大，就以為自己所有的就是天下第一的人，最是討厭。所以，那法國人口沫橫飛，我冷冷地道：「據我所知，世上最佳的小型深水潛艇，可以在南極的冰層之下航行，續航力超過二十天，屬於著名的南極探險家張堅所有，我從來也未曾聽他說過他的潛艇是法國製造的。」

那個法國人，倒也不是無知之徒，一聽到我提及張堅和他的深水潛艇，陡地打了一個突，隨即，居然臉不紅，氣不喘，立時轉變了話題：「哈哈，法國在釀酒方面的貢獻，大抵是人類文明史上值得大書而特書的，釀酒技術如此複雜，眞不知首創者是如何想出來的。」

他不再討論潛艇，我自然也沒有理由再使他難堪。可是就在這時，另一個人卻笑道：「根據衛先生的理論，人類釀酒技術，只怕也是外星人早年降臨地球時留下來的？」

我「哼」地一聲：「有何不可？」

那人見我有點來勢洶洶，倒也不敢得罪，沒有繼續再說下去。小納看出我不是很有興趣，陪我說了一會話，我提出告辭，他並沒有挽留，送我到門口，問：「你還會留多久？」

當時，我們是在華盛頓，我道：「明天我會到紐約去，過兩天就回去。」

小納和我握手，想不到，第二天我一到紐約，機場上就不斷在叫我名字，說有人在等我，我走過去一看，等我的就是小納。

在我愕然之際，他已經先道：「有一件事，相當怪異，我想，你既然在這裡，要是不聽聽你的意見，那未免太笨了。」

人總是喜歡聽恭維話的，反正我也沒有事，於是，我們一起到酒店，一起進晚餐，餐後又在酒店高層，一個相當幽靜的酒吧喝酒。

而小納在這個過程之中，就向我講述著那件事：從眞理報上刊出了三個蘇聯海軍將領的訃告開始講起，一直講到加丹的失踪。

由於事情確然相當曲折離奇，所以我也聽得興趣盎然。而小納是在接到了加丹失蹤報告之後，才想起要來聽聽我的意見。

最後，他講到的，是他獲得的新情報，神情有點緊張，聲音也壓得相當低，一有人走過，立即警覺地住口。

小納提到的新情報，和黑海艦隊前導彈主管巴曼少將有關。

五月二十九日，黑海艦隊的司令，參謀長兼潛艇主管上了潛艇母艦，巴曼少將卻於同日，搭乘專機，飛往莫斯科，到五月三十日才回來，也登上了那艘母艦。

小納獲得的最新情報，就是巴曼少將在莫斯科一天的活動。

自然，蘇聯高層軍事人員的活動，外國特務再神通廣大，也不可能獲知詳細的內容，只是約略的，已經很不容易。

巴曼少將的活動是：由軍事機場，直赴國防部，國防部似乎有一個緊急會議在等著他，參加者有國防部長本人，和最高級的幾個飛彈指揮官，可知討論的問題，和導彈有關。

會議進行的時間十分長，至少六小時，巴曼少將離開，逕赴近郊的一個導彈工廠，這個導彈工廠是絕對的軍事秘密，裡面在生產什麼類型的導彈，西方特務費盡心血，無由得知。

推測，巴曼少將探訪工廠的目的，是在視察一種新型的、供海軍使用、更可能是供潛艇使用的導彈的製造工程。這種導彈，被推測是小型的，可在海中發射，射程超乎想像之遠，而且可以攜帶核子彈頭的新品種。

（這是美國軍事專家作出的推測。）

（事實上，各種類型導彈，在近三十年來，發展之迅速，匪夷所思，已經成爲各強國的最佳玩具，玩這些玩具的地點，已經由地面、空中而迅速發展到了太空和星際，這是人類科學的大躍進，可惜是戰爭的科學。）

情報人員的推測是：一種早已裝置在潛艇上的導彈，可能發生了某種問題，而且十分緊急，所以巴曼少將才來莫斯科謀求緊急解決辦法。

眞正的情形如何，當然不得而知，情報指出，巴曼少將的神態，極度焦躁和著急，一定有大問題，這可以肯定。

在工廠逗留了兩小時，巴曼少將十分怪異地，進入了一家守衞嚴密，專供高級將領療養用的軍事醫院，有兩個中將銜的醫官迎接他。巴曼少將的外形，看來十分健康，他入院，推測是作健康檢查——但是他顯然極度忙碌，在那樣情形之下，好整以暇地去作身體檢查，真不可想像。

但是巴曼少將硬是在醫院耽擱了四小時之久，才又回到國防部去——又有一個異常的現象，兩個高級醫官，陪著巴曼少將一起去。

在這次離開國防部之後，他直接到機場，上機，直飛敖德薩。一到之後，就登上了潛艇母艦，據報，母艦曾立即啟航。

小納在說完了之後，望著我：「衞，你有什麼意見？」

我不禁有點啼笑皆非：「我不是情報專家，哪有什麼意見？」

小納道：「你不覺得事情有難以解釋的地方嗎？潛艇在土耳其，蘇聯已宣佈了三個人的死亡。」

我搖頭：「潛艇在土耳其，是未曾證實的一種說法，正常的推測應該是，那艘潛艇出了意外，三個將領喪生了。」

小納又道：「那麼，加丹和其餘人的失踪呢？」

我攤手：「我不知道是為什麼。」

小納望向我：「我準備自己去，你——」

我搖手不迭：「我沒有興趣。」

小納諒解地笑了一下：「如果法國提供的潛艇不夠好，你是否能借到你提到過的那艘潛艇？」

我哈哈笑了起來：「我看，那比向一個人借他的頭用一用更難。」

小納聽我說得那麼嚴重，吐了吐舌頭，沒有再提到向張堅借潛艇的事，只是訕訕地道：「我看法國的深水潛艇大概也夠用了。」

我一時好奇心起，問：「你們究竟在懷疑什麼？三個海軍將領，在執行職務時殉職，這並非是一件不可思議的事情。」

小納吸了一口氣：「他們在執行的是什麼職務？」

我道：「可以是任何職務。」

小納望了我半晌，才道：「衞，你缺乏一個情報人員應有的敏感。」

我沒好氣地道：「我才不要情報人員那種疑神疑鬼的敏感，蘇聯部長會議主席一個星期沒有公開露面，你們就可以敏感為蘇共內部，正在展開大鬥爭。」

小納悶哼一聲：「不知有多少事實，證明這種敏感是對的。」

我攤了攤手，不準備和他再爭辯下去，小納喝乾了面前的酒：「這次，不但是我，人人都敏感到有非凡的事發生，可是沒有人知道是什麼。我們已動員所有在莫斯科的人員，盡可能去打聽這項秘密——」

他講到這裡，在我的肩頭上用力拍了一下：「衞，我們有可能揭穿一項大陰謀，這陰謀，或者可以使人類歷史改寫。衞，別瞧不起情報工作，情報工作做得好，可以防止慘劇的發生。」

小納的話當然有道理，可是我就是不喜歡這種一頭栽進了情報工作，就六親不認的態度，所以我的話，仍然不免帶點嘲諷的意味：「是啊，如果美國方面早知道日軍會偷襲珍珠港，如今寃沉海底的一千六百多名阿利桑那號官兵，也不會喪生了。」

小納卻一本正經地道：「當然，許多慘劇，都可以防止，情報，是事前的信息，預知會發生什麼事，除非那是人力所無法挽回的，不然一定可以防止災禍發生，替人類帶來幸福。」

我只好一面喝酒，一面道：「眞偉大。」

小納居然當仁不讓：「由於工作的性質如此重要，所以有時，手段超出一般道德標準的範圍之外，絕對不能非議。」

聽他講得這樣極端，無法和他進行辯論，我也根本不想和他再爭下去，只是道：「祝你到了土耳其，會有進一步的發現，可以挽救人類，不發生第三次世界大戰。」

小納有點酒意，他長嘆一聲：「那只怕做不到，至多，推遲第三次世界大戰發生的日子，人類太喜歡玩戰爭遊戲了——」

我糾正他：「不是人類，只是人類中的少數野心分子，才喜歡戰爭遊戲。」

小納大搖其頭：「不，是全人類，從小孩子打架，到家族與家族之間的糾紛，一個村和鄰村爭奪水源或是林木，國和國之間的界限，甚至虛無飄渺的思想意識形態的不同，人類就訴諸武力，人類喜歡玩戰爭遊戲，這是人類的生物本能。」

他陡然之間，簡直像是在發表長篇大論的演說，我又替他斟了一大杯酒。要一個已有了酒意的人免開尊口，最好的方法是再給他喝多一點酒。

果然，他大口喝酒，沒有再發揮下去，我趁機提出要休息，他揮著手，叫我別再理他，只是大著舌頭道：「衞，若是我有疑難，我還要來找你。」

在這樣的情形下，我自然沒有拒絕之理，只是隨口答應著，他十分滿意，拿起酒杯來，走向一個紅髮女郎，我只覺得好笑，向他作了一個手勢，就回到了房間。

一打開房門，就看到地上有一隻相當大的信封，向上的一面，寫著「衞斯理先生」。我不禁怔了一怔，我到紐約來，並沒有通知任何人，只是在離開華盛頓的時候，曾和白素通了一個電話。這信是誰送來的？

我先關上門，然後取起信封來，信封沒有封口，打開，裡面是一張普通的問候卡，這種問候卡，在美國到處有售，問候卡上，並沒有我的名字，也沒有送卡人的名字，竟然是一張無頭卡。

我悶哼了一聲，性格使然，我喜歡明來明去，最不喜歡這種藏頭縮尾的行徑。

所以，我順手準備將那張問候卡拋進廢紙簍去，但就在這時，我看到，問候卡上的圖畫，看來是取自童話故事「小紅帽」的。

（戴小紅帽的女孩子去探望她的祖母，狠扮成了她的祖母躺在床上準備把小女孩吃掉，小女孩憑自己的機智，戰勝了惡狠。）

（小納的話不錯，即使在童話故事之中，也充滿了你死我活的戰爭遊戲！）

那是十分普遍的一個童話故事，本來也不會引起我的注意，畫上有小女孩，有狠，還有一個老婦人，當然是小女孩的祖母。

令我陡然一怔的是，畫上的那個乾瘦的老婦人，看起來，竟然極其面熟。本來，我沒有理由一下子就想得起這個老婦人像誰，至多只覺得她面熟而已，可是就在昨天，一羣情報人員，才向我提起過傳奇性極濃的俄國特務，蓋雷夫人，所以這時，我一看到問候卡上的老婦人，立時就打了一個突。像極了，這老婦人像極了蓋雷夫人！

我著亮了大燈，再仔細一看，就可以肯定，相似，絕不是偶然，而根本那是一個極出色的人像畫家，根據蓋雷夫人的樣子畫下來的。

而且，我也進一步肯定，這張問候卡，根本不必署名，因爲它本來就只是蓋雷夫人的專用品。因爲在卡上印著的字句是：「狠能扮成老祖母，老祖母也可能扮成狠。小心，老祖母向你問候，多半會給你帶來極大的痲煩，但如果你有小紅帽的機智，那也可以使你有一次驚險難忘的經歷。」

我看了之後，咕噥地罵了一句，心想：這倒好，才和一個美國特務在酒吧大談人類劣根性，又接到了俄國特務的問候卡，那我算是什麼？是國際特務爭取的對象？

當然我不會因此覺得飄飄然，我的宗旨是不會改的，不論是哪方面的特務，我都敬鬼神而遠之，如果他們眞要纏上身來，我忽然有了一個頑皮的主意，不妨把一個傳奇人物介紹給他們，這個傳奇人物我有一面之緣，他是外號亞洲之鷹的羅開。

這位羅開先生的花樣，可能比我還要多，不久之前，就曾聽說他曾和蘇聯的一個女特務（當然不會是蓋雷夫人那樣的老婦人），一起駕駛太空船，到太空去尋找兩個失了踪的人造衞星。

讓各地特務去和他打打交道，應該是很有趣的事，只可惜這位先生獨來獨往——他的外號是「鷹」。行踪飄忽，全然無法與之聯絡。

想法歸想法，眼前的事實，也不能不顧，我必須鄭重考慮，蓋雷夫人這樣身分的人，何以會向我致送了一張問候卡。

正如問候卡上所印著的文字一樣，她的問候，可能給我帶來絕大的麻煩，至於什麼驚險難忘的經歷云云，我不希罕，我的驚險怪異的經歷之多，大抵是天下第一的了。

最樂觀的設想，自然是這個老牌俄國特務，恰好在紐約有活動，知道我也在這裡，就念在曾有見面之情，來問候一下，就此而已。

實在一點的設想是：她有事要找我，多半是有求於我，不然，她才不會那樣客氣。而且，她留意我，或是她的手下留意我，已相當久了，更可能從華盛頓跟踪來紐約，那麼，我和小納的會面和交談，一定也全在她的監視範圍之內。一想到了這一點，我像是全身爬滿了毛蟲一樣地不舒服，覺得無論如何，有必要通知一下小納。

所以，我立即離開房間，又走進了酒吧，一進去，就看到小納和那紅髮女郎，摟作一團，小納的手，正從那紅髮女郎的低領衣服之中伸進去，那紅髮女郎陡然一震，小納的手也縮了回來，在他的手中，多了一支如同普通唇膏大小的東西。

同時，小納的酒意，也在剎那之間，陡然消失，警惕矯健得像一頭獵豹，先向我使了一個眼色，然後目光如炬，盯著他的獵物。

那紅髮女郎不知所措，我在他們身邊坐了下來，小納道：「這位女士玩遊戲的本事不夠大，雖然我相信她把我們剛才的談話全都錄了音。」在我的房間中，已經有了蓋雷夫人的問候卡，我為了要警告小納而再走進酒吧，所以眼前發生了這樣的事，對我來說，一點也不覺得奇怪。我只是佩服小納的機警，他假裝有酒意，過去撩撥那紅髮女郎，早已知道那紅髮女郎曾做過什麼，可是我自始至終和他在一起，我就沒有這份「敏感」。

我冷冷地問：「這位女士犯了什麼錯誤？」

小納高興地笑了起來：「她竟然從頭到尾，不向我們看上一眼，她裝成是在酒吧中找尋異性伴侶的單身女郎，這本來是好主意，酒吧中有的是這種人，誰也不會加以特別的注意，可是一個不向兩位英俊男士望上一眼的單身女郎，那就有問題了。」

我不禁失笑，小納說得有道理，這位紅髮女郎太小心了，為了怕引起我們的注意，不敢看我們，可是事實上卻恰好相反。

我道：「或許，她對我們沒有興趣？」

小納點頭：「也許，但既然認定了她值得注意，就很容易發現她的髮夾的一端，太大了一點——」

他一面說，一面伸手，絕不客氣地，就從那紅髮女郎的鬢邊，把她的髮夾，取了下來，交在我的手上：「你以爲現在的偷聽，把偷聽到的紀錄下來，還要在我們的桌子下面放偷聽器嗎？那是十多年之前的事了，定向聲波搜集儀，可以在一百公尺之內，把我們的談話，一字不漏地記錄下來。」

小納講到這裡，陡然站了起來：「小姐，你被補了，請別拒捕，結果一樣，只不過使你當衆出醜。」

紅髮女郎臉色煞白，嘴唇掀動了幾下，沒有發出聲音，她的神情楚楚可憐，但是「卿本佳人，奈何作賊」，自然也不值得同情，在遊戲之中，她已經是負方，不能再玩下去了。

她猶豫了一下，也站了起來，就在這時候，女侍突然走過來，滿面笑容，道：「各位的賬項，已經由各位的朋友付掉了。」

小納怔了怔，我也一怔，在這時候，我只能肯定一點，付了賬的「朋友」，同時一定給了女侍可觀的小賬，不然，她不會笑得如此燦爛。

女侍又道：「那位老先生說，等你們兩個人站起來時，我就可以過來告訴你們。」

小納的聲音像是在呻吟一樣：「老先生？什麼老先生？」

女侍作了一個「誰知道」的表情：「老先生有字條留交給你，先生。」

女侍取出字條來，小納一伸手，搶了過來，打開，字條上寫著：「對，人喜歡各種各樣遊戲。小孩子有小孩子的遊戲，所以小孩子只注意小孩子，忽略了老祖母也一樣參加遊戲。把已吃到手的棋子放回棋盤吧，吃了一隻棋子，絕不代表贏了棋戲，相信老祖母的忠告。」

小納立時抬頭向我望來。

我的聲音，聽來縱使不像呻吟，也不會好聽到哪裡去，我只說了一個人名字：「蓋雷夫人。」

六、魔鬼暗礁

小納用力握著拳，揮了一下：「該死，老婦人扮成老頭子，自然再容易不過。」

我搖了搖頭：「別告訴我你曾注意到酒吧中有一個老頭子。」

小納坦然道：「沒有，她是眞正的情報工作者，在任何場合，就像沙灘上的一粒沙，有著天然的保護網，使人家發現不了，你怎麼一看字條，就知道是她。」

我把問候卡的事說了，小納咬著唇，向那紅髮女郎看去，紅髮女郎已經鎮定了下來：「老祖母說，很多時候，不一定敵對，可以合作。」

小納悻然道：「什麼意思？」

紅髮女郎聳了聳肩：「我也不明白，她只是說，至少目前，沒有敵對的情形出現。」

小納冷笑：「那麼偷聽我和衞斯理的談話——」

紅髮女郎道：「只是爲了進一步的合作，她說，如果我失了手——她料定了我失手，老祖母往往料事如神，就把這一份文件給你，你會有興趣，而且，一定可以交換我的自由。」

她說著，已取出了一隻信封來，把信封交給了小納，信封上有俄文打字機打出來的一行字：「中央最高軍事學院對巴曼少將檢查的報告。」

小納在一看之下，幾乎連眼珠都凸了出來，打開信封，裡面是極小的一片微型軟片，要通過特殊的儀器，才能看到它的內容。

小納連猶豫都沒有猶豫，就揮了揮手，那紅髮女郎笑了一下，搖曳生姿地走了出去。

我道：「你怎麼知道底片上一定是信封上所寫的那份文件？」

小納吸了一口氣：「遊戲有規則，我相信蓋雷夫人不會違反規則。我所不明白的只是：她爲什麼要把這份文件給我？」

我一點頭緒也沒有，只是道：「那，應該就是巴曼少將五月二十九日在莫斯科時進行的檢查？」

小納道：「當然是，衞有興趣和我一起去看看這份報告？」

我好奇心相當濃，實在想跟他去看一看。可是我同時也想到，我現在的處境，已經相當古怪，幾乎已經不能退出，但還是可以不參與他們之間的所謂遊戲。

但如果我跟小納去，看了這份報告，那等於又跨進了一步，再要退出，就不可能了。

所以，我想了一想，故意大聲道：「不，我沒有興趣。」

我故意說得十分大聲，是我相信，酒吧中，還有蓋雷夫人的人在，那個酒保，正在彈奏「昨天」的黑人鋼琴師，兩三個女侍，七八個顧客，其中任何一個都可能是蓋雷夫人的手下。

我說得太大聲了，引得所有人都向我望來，這也正是我的目的，不但要告訴小納，我沒有興趣，重要的是，也要讓蓋雷夫人知道，我沒有興趣。

小納還想說服我，我神情十分堅決地揮了一下手，再表示拒絕。小納無可奈何：「事情很怪，衞，你覺得不覺得，對方竟認爲在這件事上，可以和我們合作——」

我立時打斷了他的話題：「不是我們，是你，我和你不是同一方面的。」

小納道：「好好，不必再咬文嚼字了，我知道在中國話中，『我們』和『咱們』

是有分別的，但是英文中沒有，剛才我是說『我們』，不是『咱們』，你不必太敏感，你不覺得事情有點怪？」

我由衷地笑著：「怪不怪，都不關我事，而且我有事在身，我這次到美國來，要探索研究的這件事更怪，你要不要聽一聽？」

小納一怔之間，我已經道：「有一個世界知名的職業殺手，外號叫『要命的瘦子』，他死在澳洲的沙漠中，臨死之前，留下了一個地址，一柄鑰匙……」

小納忙道：「對不起，我沒有興趣，我腦子中已被黑海艦隊的怪事塞滿了。」

我道：「是不是，這件事，其實比你現在想弄明白的事，有趣不知多少，可是你沒有興趣，而我，對你的事，也同樣地沒有興趣。」

小納無可奈何，他顯然心急著要找地方去看那份有關巴曼少將的醫學檢查報告——這份報告竟會由蓋雷夫人交到他的手中，實在不能不承認有點怪——所以我們一起走出酒吧，一起進入升降機，我到達房間的那一層，就和他握手告別。

回到房間，我收拾了行李，離開酒店，直赴機場，搭乘最早的一班飛機東歸，因為我料到小納一定還會來煩我的。

我料得不錯，小納果然在兩小時之後來找我，但我早已上了飛機，他找不到我，這是後話了。

小納找不到我，依照他原來的計劃，到土耳其的錫諾普去，親自去調查神秘的連續的失踪事件。

在這裡，由於敍述到小納的行動，所以有些要補敍出來，首先，自然就是他到手的那份「頂級絕對機密」報告的內容。

小納和我分手之後，立時前往紐約的一個情報站，應用了可以觀看微型底片的儀器，也看到了這份報告的內容。

報告的題目相當長：「最高中央軍事學院對海軍少將巴曼的檢查報告」，又有一連串「絕頂機密」等字樣，又有七八個人的職銜和簽名，可是報告的內容，卻只有一句話。

小納對著這一句話，足足有半小時之久，心中不住在想：什麼意思？什麼意思？

報告的那句話是：「經過詳細檢查，巴曼少將的精神狀況，完全正常。」

五月二十九日，巴曼少將在極其匆忙的行程之中，到軍事醫院去，他看來不像有病，是去作健康檢查——這種推測，本來已難以接受，而更料不到的是，巴曼少將是去接受精神狀態的檢查。

這眞叫小納百思不得其解：難道巴曼少將的神經有問題？如果他神經有問題，他怎能擔任黑海艦隊導彈主管這樣重要的職位？

而精神檢查，一般來說，絕少由神經病患者自己主動去做。都是在他身邊的人，覺得他的行爲多少有點問題，才會要他去做。巴曼少將是不是也是如此？他做了一些什麼事，使人——幾乎可以肯定是國防部的高級將領的主意，要他去作是不是神經有問題的檢查？

再引伸開去，難道檢查結果說他沒有問題是錯誤的，巴曼少將眞的有問題，所以才出了意外，連累了他兩個同僚也喪生？

簡簡單單的一句報告，牽涉到的疑問，排山倒海壓過來，最後，小納的問題是：老奸巨猾的蓋雷夫人，爲什麼要使自己看到這份報告？

不但讓他看這份報告，而且還提及了「合作」。

想破了小納的腦袋，也想不出他和蓋雷夫人之間，有什麼合作的可能。

小納百思不得其解，又曾來找我，但是我有先見之明，已經先行離去。我離去的目的，是不想捲入特工行動的漩渦，但正合上了一句話：「人算不如天算」，又像是武俠小說中常見的情形一樣：是福不是禍，是禍躲不過，結果，還是捲了進去，不過那留待以後再說。

卻說小納裝了滿肚子的疑問。和上級聯絡，上級給了他獨立行動的全權，兩天之後，他就到了土耳其。

在伊斯坦堡，小納和土耳其的情報機構，商議了一天，加丹仍然影訊全無，駕駛潛艇自法國前來的，是一個十分年輕的海軍軍官，法國軍方曾特別聲明：韓因中尉可付以極度信任。

小納本來還考慮，要土耳其情報機構也派出一個幹練人員，一起進行活動，可是韓因中尉卻表示：潛艇只能容納兩個人。

所以，土耳其方面雖然還是派了人，但是在到了錫諾普之後，就留在岸上，作接應聯絡工作。

小納和韓因，決定就用潛艇，沿黑海海岸，駛向錫諾普，估計行程要二十小時，小納也正好趁這個時間，熟悉一下潛艇中的一切設備。

作爲一艘深水探測潛艇，這艘小潛艇可以說應有盡有，極先進的小型核子動力裝置，使它有五年以上的續航能力，也就是說，只要有足夠食糧和水，小潛艇可以一直在海底五年之久，不必浮出水面。

潛艇全長十三公尺，不像想像中那麼小，但由於各種各樣的裝備，所以，眞正可以容人的空間，只有普通兩人座的跑車那麼大。這個駕駛艙中，座位的兩旁，是觀察窗，前面，是無數的儀表和控制按鈕，操縱著潛艇上的一切設備。

他們的食物，和太空船中的飛行員所用的一樣，也是爲了節省空間。

潛艇開始航行，韓因一直在向小納解釋它的操作法和性能，小納問了不少問題，包括在急速的漩渦之中，潛艇是不是保持穩定等等。

韓因的回答是：「不知道漩渦的牽引力是多少？潛艇設計，所能發出的最高動力，是一萬八千匹馬力，我想足以應付任何漩渦了。」

小納心中嘀咕了一下，魔鬼暗礁的漩渦雖然出名，但是由於從來也沒有人敢接近，其中最强的牽引力究竟若干，也沒有人知道，不過推想起來，一萬八千匹力，絕非等閒，應該可以應付了。

不過他也想到，任何人工產生的力量，若是和大自然產生的力量相比較，都微不足道，所以，他叮囑了幾遍，要韓因在接近魔鬼暗礁時，千萬小心。

韓因的態度十分誠懇，上了航道，在水面下三百公尺的深度航行，把駕駛工作交給了電腦控制的自動駕駛系統，韓因和小納，有更多時間交談。小納說明了此行的任務，韓因聽得興致盎然：「這次任務完了之後，我要向軍部申請調到情報部門去。」

小納說了幾句鼓勵的話，韓因道：「上次蘇聯軍事代表團來法國，維拉斯基少將對於這種小潛艇興趣極高，但是據我所知，蘇聯黑海艦隊有一種十分特殊的潛艇，稱爲『海底工程船』，可以在海底進行十分艱巨的工程。」

小納「嗯」地一聲：「我也聽說過，可是却沒有進一步的情報。」

韓因道：「當然，那是蘇聯最高軍事秘密──」他忽然興致高起來：「要不要在歸途，接近一下黑海艦隊的基地？或許可以窺察到這種特殊潛艇的活動，可以把它的活動，記錄下來。」

小納不禁怦然心動，他甚至不由自主，嚥了一口口水：「好主意，你不怕被發覺之後，捱深水炸彈？」

韓因笑：「要有收穫，總要冒點險。」

小納對這個年輕法國軍官的好感越來越甚，也不再去多想想他們這種行動，若是付諸實行，會產生什麼樣嚴重的後果，居然道：「好，等完成這次任務，再來計劃。」

韓因由於他想出了這個新遊戲來而高興，接下來的時間中，他們輪流休息，在接近錫諾普時，正是清晨時分。

通信儀中已可以收聽到在岸上的土耳其情報人員傳來的聲音：「錫諾普的潛水人，一致認爲魔鬼暗礁全然不可接近，他們也認爲，就算班提斯，曾在海底下見過俄國潛艇，地點也不會是在魔鬼暗礁，最多接近暗礁，如果是在暗礁的範圍之內，那麼他在見到了之後，根本沒有機會離開。」

小納回答道：「謝謝你，這一點，十分有用。」

這一點，眞的十分有用，一個普通裝備的潛水人，不可能潛進暗礁的範圍之內，那麼，班提斯發現俄國潛艇的所在，當然是在暗礁的範圍之外，這是一個十分簡單的邏輯推理。

於是，小納和韓因，採用「蜜蜂迴旋搜尋法」——昆蟲有許多本能，值得人類仿傚。這種搜尋法，就是蜜蜂要尋找一個目的物，而不能確知這個目的物的所在時採用，不斷地繞圓圈飛行，而每一圈都擴大或縮小，直到遇上了目的物爲止。

現代的「運動學」，已經用數學定理證明了這是最節省時間和最有效的方法。

魔鬼暗礁所在位置的資料，已經輸入電腦，這時，在他們面前螢光屏上，淸楚地顯示出來，在潛艇來到距離暗礁三海浬，也就是兩次發現空船的附近時，他們開始繞著暗礁打轉，而且，開動了一切探測儀器，一列十二幅螢光屏，一起亮起。潛艇也開始下沉到了一千二百公尺，接近海底，以利探索。海底十分平靜，從兩岸的觀察窗望出去，可以直接看到海底的情景，兩條巨大的鰩魚，拖著長長的尾巴，跟在潛艇旁游著，像是將這艘小潛艇當作牠們的同類。兩小時之後，他們開始更接近暗礁，海底已經出現了礁石——那並不是珊瑚礁，而是億萬年之前，地殼變動之際，留在海底的岩石。在經歷了億萬年的海水衝擊之後，岩石可以被海水冲走的部分，早已成了海沙，而留下來的，全是最堅硬的岩石，屹立在海底。

岩石上自然附滿了各種海洋生物，看起來，色彩繽紛，並不單調。在開始的時候，暗礁一簇一簇分散，到了更接近之際，看起來，暗礁根本就是在海底拔地而起，陡上陡下的山峯，奇形怪狀，像是無數亘古以來就在海中生了根的魔鬼，猙獰可怖，氣象陰森。

這一帶的海流，相當湍急。黑海的海流，十分奇特。由於歐洲的許多大河，河水都注入黑海，所以黑海的水位高，而大量淡水的注入，也使黑海的海水，含鹽量比較少。

而地中海水位底，海水中的鹽分較高，所以黑海的海水，在流向地中海之際，出現了十分奇特的海流現象，上層的水流方向，和下層的水流方向，恰好相反。

由於這種奇特的海流現象，再加上無數聳立著的暗礁峯，阻擋著海水，所以形成了海水翻滾，出現了無數大大小小的漩渦。

當潛艇進入魔鬼暗礁的範圍之後，在螢光屏上所看到的海底奇觀，令得小納和韓因兩人，瞠目結舌。

這時，他們還未曾進入漩渦的範圍之內，但是暗流已令得潛艇震蕩不已，韓因要加大馬力，和暗流的力量對抗。他們看到的，是不計其數的漩渦，自海面上，直通海底，激起洶湧的水花，這情形，就和陸地上的龍捲風，完全一樣。

（龍捲風的形成，是由於氣流，漩渦的形成，是由於水流，道理相同。）

漩渦在海水之中的形狀，上面大，下面小，不斷地旋轉著，整個漩渦區的面積相當大，他們至少用了一小時，才繞了一個圈，沒有什麼發現。

韓因問道：「要不要駛進去看看？」

小納想了一想，苦笑道：「不必了，倒不是怕冒險，而是……潛水人，絕無可能潛到這裡來的，就算我們現在的位置也不能，何況進入漩渦。」

韓因也不由自主，吐了吐舌頭：「眞的要駛進去，非千萬小心不可，倒不是怕潛艇的馬力不夠，而是怕萬一有一股極大力量的水流，突然而來，艇身只要在那些礁石上碰一下，我們只怕就再也上不去了。」

小納給韓因說得有點不寒而慄，深深吸了一口氣，他們已經把探索裝置的性能發揮到了極致，但是看到的，除了翻騰的水花之外，什麼也沒有。

小納感嘆道：「要是有什麼人能進入其中的話，倒是一處最隱蔽的基地，誰也發現不了，就算發現了，也無可奈何。」

韓因道：「在我們經過之處，決沒有潛艇，聲納探測全然沒有金屬反應——」他說著，又盡量將潛艇再向前駛近了些，距離前面一個大漩渦，不到一百公尺，可以清楚地看到，大漩渦的底部，在海底漩出一個極深的深洞，還有不少海沙，被急驟的漩渦水流帶出來，像煙花在四下飛濺。

就在這時候，在一幅螢光屏上，突然亮起綠色的一點，同時，發出了輕微的「滴滴」聲。

韓因失聲道：「才說沒有，就有了，小納，前面有金屬物體。」

小納也陡然緊張了起來：「能不能再接近一些，或者加强探索能力？」

韓因調節了幾個掣鈕，一咬牙，道：「再向前駛出些，我看不成問題。」

他說著，已操縱著潛艇，再向下沉，漩渦在越接近海底時就越是細小，貼著海底向前駛，比較容易在兩個漩渦所形成的急流之間穿過去，但是困難的是，這一帶的海底，已全是高低不平的礁石，貼得太近了，若是擦上了鋒銳堅硬的礁石，只怕特種合金鑄造的艇身，也經受不起。

韓因駕駛得極其小心，潛艇的震蕩也更甚，令得他們不但頭暈目眩，而且還有氣血翻湧的感覺。

可是他們的冒險，並不是沒有收穫，金屬探測儀的反應，越來越是强烈，電腦立即開始閃出探測所得的資料，主要是鐵，大量的鐵金屬，在前方四百五十公尺處……在前方四百公尺處……在前方三百五十公尺處……一直到在前方兩百公尺處，他們已無法再前進了，前面是大堆暗礁，阻住了去路。

估計至少要昇高三百公尺，才能越高暗礁，但是暗礁之上，卻有幾十個漩渦急流擠在一起，情形就像幾十株巨大無比的大樹，密密地生長在一起，絕不容任何物體通過過去。

小納吸了一口氣：「如果前面的大量金屬是俄國潛艇的話——」

韓國接了口：「我不以爲潛水人可以在這種地方發現它。」

小納道：「我不是這個意思，我是說，如果俄國潛艇可以到漩渦中心，別人也應該可以進去。」

他在說這話的時候，雖然未曾直視著韓因，但是話中卻有著明顯的挑戰意味。韓因挺了挺身：「我也可以到漩渦中心去，辦法十分簡單。」

小納揚了揚眉，韓因道：「昇上海面去，駛進漩渦，由漩渦的力量直扯進海底去，只要你能忍受急速的旋轉，就可以達到目的了。」

小納道：「我猜我可以忍受得住。」

韓因陡然笑了起來：「不過有一點，只能進去，無法出來。第一，在急速的旋轉中，潛艇必然會碰上礁石，第二，我不以爲憑一萬八千匹馬力，就可以掙脫那麼多漩渦的束縛，進去容易出來難，小納，你的意見怎樣？」

小納狠狠瞪了韓因一眼，但是他接著，嘆了一聲：「你的意思是，就算有一艘俄國潛艇在，也一點害處都沒有？」

韓因道：「當然是，它根本出不來，又會有什麼害處？它等於是一堆廢鐵，而且，艇內也不會有什麼活人了。」

小納「啊」地一聲，隱約地形成了一個概念。假設眞有一艘俄國潛艇在哪裡，當然應該是黑海艦隊中消失了的那一艘。

再假設這艘潛艇，原來在土耳其沿岸，進行秘密活動，但是卻意外地被漩渦捲進了海底，蘇聯方面可能收到過最後的求救信號，所以知道艇上人員已然喪生，而三位將軍恰好在艇上，自然也發出了他們的訃告。

這樣的推測，可以說合情合理之極。

但是，加丹的失踪，班提斯的失踪又怎麼解釋呢？除非說失踪事件和潛艇失事全然無關，不然，這樣的推測，還是不夠完美。

小納想了一會：「我們昇上水面去，看看情形如何，再作決定。」

韓因答應著，他先令潛艇後退，然後再昇上海面，出了海面，向前看去，所見的海水，更是奇觀，就像是海底有許多漏洞，海水咆哮著，打著轉，一起向漏洞之中瀉下去。

小納把艙蓋打開了一些，海水因爲急速旋轉而發出來的聲響，震耳欲聾，駭人之極，海面在漩渦之外，也是波濤洶湧，艇身的動蕩，令人有全身骨骼都散開來的感覺。

這是全然無法接近的一片水域，誰最早把這裡定名為「魔鬼暗礁」，真是再貼切也沒有。他們現在所操縱的，是走在人類科學最尖端的產品，可是比起海洋瘋狂的力量，實在不算是什麼，堅硬的合金鋼的艇身，是不是可以經得起漩渦大力的擠壓，真是大大疑問。

小納的臉色一定十分難看，韓因顯然也有同樣的感覺，他喃喃地道：「看了這樣的海洋，才明白當年美國巨型核子潛艇長尾鮫號，何以會在海底神秘失事。」

他一面說著，一面要操縱著潛艇，發出極大的動力倒退，才能免於被漩渦的吸力吸向前去，而在儀表板上，動力發揮早已到達了紅線，也就是說，如果這種情況持續下去，十分危險。

韓因剛才，提起了「長尾鮫號」失事，令得小納的心中，又打了一個突。

這艘有著上千官兵的巨型核動力潛艇，當年在大西洋深海處神秘失事，至今原因不明，而且失事潛艇的殘骸，也一直未被發現，小納意識到自己如今身在一艘小潛艇中，實在無法和大自然的力量相抗衡。

他按鈕，合上了艙蓋，聽不到海水咆哮的聲音，多少使他的心境比較平靜了一些，他吸了一口氣，道：「趁還能後退的時候，快後退吧。」

韓因一面大聲答應著，一面令潛艇後退，儀表上的指針指出，要動用一萬五千匹馬力，才能使潛艇脫出漩渦的牽引力。

這時，他們還只不過是在漩渦的邊緣，若是再接近漩渦，一萬八千匹馬力，絕無法和漩渦抗衡，正如韓因所說，潛艇會被漩渦直捲向海底，然後，再也無法離開。

潛艇掙扎後退，小納利用無線電通訊儀，和在錫諾普的土耳其特工聯絡，簡單地報告著他們此時的情形，並且道：「我們已準備離開，仍然會用迴旋法再搜尋一遍，估計在下午六時左右，可以回到錫諾普，隨時保持聯絡。」

那土耳其特工也回了一句：「隨時保持聯絡。」

他的聲音，聽來有點含糊不清，那是由於他當時一方面守在通訊台之前，一方面正在大吃而特吃當地的一種特別的海產，醋漬鳳螺肉的緣故。

這個土耳其特工是一個大胖子，體重超過一百五十公斤，他可以二十四小時不斷進食，派他來到盛產各種海味的錫諾普，對他來說，真是再好不過。而且這個叫作即格的老牌特工，已經將屆退休的年齡，這種在岸上的聯絡任務，對他來說，十分輕鬆，他甚至不顧當值時不能喝酒的禁令，早已經灌了不少酒下肚了。

他所在之處，是錫諾普一個軍事基地中的通訊室，就利用了基地上的通訊設備，和小納的潛艇聯絡，在那次通話之後，他令自己坐得舒服一些，小納在潛艇中，不斷把看到的情形向他報告過，錄音帶已用了將近兩小時，看來接著來的報告，還是一樣，沒有什麼新奇之處。

他打了一個呵欠，趕走了在他面前嗡嗡飛著的蒼蠅，又把螺肉放進口中，起勁地嚼著，一面就著瓶口，大口喝著酒，然後，歪著頭，睡著了。

等到他一覺睡醒，睜開眼來一看，和上一次小納與他通話，已過了一個半小時，他連忙開始和小納聯絡，可是十分鐘之後，他還是無法聽到小納的聲音。

即格開始有點著急，他知道，通訊儀不可能出毛病，除非小納的潛艇，駛出了有效通訊距離之外，但那也不可能，因爲他知道有效通訊距離是一千公里！

他只好設想，是不是小納把通訊儀的操作停止了？他無法和小納聯絡，自然只好等小納和他聯絡，肥胖的人，大多數容易心情寬慰，一想到這一點，他就耐著性子等著，當然免不了吃東西和喝酒。

一直等到小納說過的預計可以回航的下午六時，仍然音訊全無，他覺得事情不對頭了，在又經過了一番努力，仍然無法聯絡到潛艇，他向土耳其情報總部，發出了小納、韓因「失去聯絡」的報告。

六小時之後，「失去聯絡」的報告，改爲「失蹤」。

當地軍方派出了三架搜索水上飛機，和九架搜索直昇機，進行搜索，都無法在海面上發現那艘潛艇的踪跡。

「失蹤」報告，在十分鐘之內，由土耳其情報機構，傳送到了美國和法國的情報當局。

當然，世界各國的情報網，消息靈通，別的國家，也立即可以知道有這樣一件事發生，與這件事無關的，不會深究，與之有關的，自然要深究。

尤其，小納是一個地位十分重要的人物，無緣無故失了踪，自然會引起震動。

這些事，本來和我無關，在小納和韓因失踪後的第五天，我仍然不知道這個消息，在忙我自己的事。告訴我這個消息的，是一個我怎麼也猜不到的人。

七、頂峯機密

電話響起，我拿起電話來，是一個老婦人的聲音：「衞先生，拜訪你之前，先來一個電話，是不是比較妥當一點？」

我一聽就怔了一怔：蓋雷夫人。

是她，她要來見我，不論爲了什麼，自然都要拒絕，立時道：「如果是你，由於我根本不想見你，打不打電話，都是一樣的。」

那老婦人，當然就是有「東方第一特務」之稱的蓋雷夫人，她吸了一口氣：「衞先生，你這樣說，那一定還未曾知道小納在魔鬼暗礁附近失踪了。」

我又怔了一怔，的確，我不知道這件事，我忙道：「那……那是什麼時候發生的事？」

蓋雷夫人十分狡猾：「是不是要見見面，我可以詳細告訴你？」

我笑著：「不必了，我可以向美國方面去詢問經過。」

蓋雷夫人道：「恐怕不能，美國方面覺得事情十分嚴重，小納是個要人，他的失踪，已列爲絕對的機密。而且，我還有點事要請你幫助。」

我仍然拒絕：「我不能給你以任何幫助，你有一個超級大國的力量作後盾，我有什麼能力幫助妳？小納失踪的事，自然也有另一個超級大國去作調查，謝謝你告訴我這個消息。」我說著，已準備放下電話，那邊，蓋雷夫人忽然嘆了一聲：「有一項頂峯秘密，難道你沒有興趣聽？」

我自然有興趣，我好奇心極强，一聽到蓋雷夫人說有事要我幫助，我已經亟想知道那是什麼事，以她的神通，居然無法成功，還要我的幫助。

但是我又實在不願意和這種人打交道，所以這時，我一聽得她這樣問，連想也未曾想，立時硬著心腸道：「一點也沒有興趣。」蓋雷夫人吸了一口氣：「我可以算是一個傳奇人物，你也是，我認爲我們兩人之間，多少有一點共通之處。」

我的語氣變得嚴厲：「我和你絕無共通之處，你是什麼身分，你自己清楚。」

她的聲音，居然也十分嚴峻：「當然清楚，我是一個地球人，你也是，衞先生。」

她竟會用這樣的回答，這倒是我未曾料到的事，我呆了一呆：「是不是事情牽涉到了外星人？」

蓋雷夫人苦笑了一下：「不能肯定，所以才想和你談談。與你商議，純粹是我個人的主意，上頭絕不同意，但我堅持如此，請不要令我失望。」

我冷冷地道：「我以爲你已經是最高級的了，你也有上司？」

蓋雷夫人道：「請停止沒有意義的對話，如果你肯見我，我立刻就來。我們上次曾有十分諒解的交往，爲什麼你不給我一個機會？」

想起上次見她的情形，她的確是一個行事很果斷，而且十分明理的人，不然，就是上次的事，她要和我糾纏起來，我還眞要大傷腦筋才能應付。

（上次的事，十分複雜，已記述在「命運」這個故事之中。）

而且，她簡直已經在向我哀求了，所以儘管我仍然十分不願，卻也不便堅拒，何況我也亟於想知道小納是如何會失蹤的。

我有點勉强地道：「好吧，你來，但是如果我對你所說表示沒有興趣，會立刻下逐客令。」

蓋雷夫人居然不失幽默：「好，那我盡量揀你有興趣的說。」

她放下了電話，我離開了書房，下了樓，在門口等著，不到兩分鐘，門鈴響起，我打開門，看到蓋雷夫人已站在門外了。

無論從哪一個角度來看，她都只是一個乾乾淨淨、瘦小的老婦人，甚至面目慈祥，怎麼也料不到她在「特務界」的地位會如此之高。「人不可貌相」這句話，用在她的身上，眞體現到了極致。

我請她進來，她甚至走路的行動，也有一般老婦人的遲緩，可是她的思路，顯然清晰之極，還沒有坐下之前，她已經十分簡單扼要的告訴了我，小納和韓因兩個人失蹤的經過。

她甚至下了一個結論：「小納的失蹤，你也多少有點責任。」

我乾笑了兩聲，表示對她的話，不屑置評，她道：「小納在看了我給他的文件之後，自然由於解不開的疑團，會再去找你商量，而你已經離開了，不然，事情或者有點不同。」

我悶哼了一聲：「誰知道，一個人每天出門，靠右走或者靠左走，就有可能影響他的一生。」

蓋雷夫人說話極直接，她打開了她帶來的一個相當大的手提包，拿出一個文件夾來，抽出一張紙給我看：「這就是小納當時看到的報告。」

那正是巴曼少將在醫院中作精神狀態檢查的報告書。

報告書的內容很簡單，只有一句，已如前述。

我看了之後，剎那之間湧上心頭的疑問之多，實是無出其右，而最後，我把所有問題。歸結成爲一個，我直視著蓋雷夫人：「爲什麼要把這份報告給我和小納看。」

蓋雷夫人眨著眼：「我是在尋求我們之間合作的可能性。」

我揮著手：「請說得具體一些。」

她坐了下來，神情變得十分嚴肅：「巴曼少將——我以下所說的，是頂峯機密——巴曼少將，自兩年前開始，一直在作一個瘋狂的計劃，他秘密進行這個計劃，在整個黑海艦隊中，除了爲數不足一百個，他絕對信任的軍官和士兵之外，沒有人知道他的秘密。」

我裝著若無其事，但已經隱約感到，事情一定非同小可。我道：「哦，他這樣的行動，在任何制度之下，都構成叛國罪了吧？」

蓋雷夫人點頭：「當然是，可是他的動機，卻出自狂熱的愛國。」

我皺了皺眉，「愛國」這種行動，可以衍變出任何其他的行動來，這本是不足爲奇的事，可是巴曼少將，做了一些什麼呢？

我把這個問題，問了出來，可是蓋雷夫人並沒有直接回答，只是反問：「如果當日，你不是離開了，小納拿著這份報告來找你，你是不是會和他一起來找我？」

我想了一想：「也許。」

蓋雷夫人沒有再問什麼，道：「俄國是一個大國，有一大片土地，在黑海之濱，可是黑海卻是一個內海，四面全是陸地，唯一通向地中海的黑海海峽，卻是土耳其的領土，蘇聯艦隻，固然可以根據國際公約出入，可是卻大受限制，沒有充分的自由。」

我聽到這裡，已不禁駭然：「巴曼少將的瘋狂計劃，是要進攻土耳其，把土耳其作爲蘇維埃加盟共和國之一？」

想不到蓋雷夫人聽了我的話之後，瞪了我一眼：「如果是這樣，那只是正常的計劃，說不上瘋狂。」

我眞正有點張口結舌，但是繼而一想，蓋雷夫人的話，大有道理，爲了自己國家的利益，用各種手段，去併吞另一個國家的土地，這種行爲，人類歷史上一直在進行著，雖然不能說「正常」，但也不能說是「瘋狂」。

蓋雷夫人又道：「事實上，在第二次世界大戰結束不久，斯太林確然有這個野心，要把黑海海峽據爲己有，替蘇聯打開通向地中海的通道，就像當年，彼得大帝在地圖上畫了一條直線，直線變成了西伯利亞大鐵道，替蘇聯打通向遠東之門，多了海參威這個東方港口一樣。」

我感到胃部有點抽搐，用力拍了一下桌子：「海參威，本來是中國的領土。」

蓋雷夫人冷然道：「現在它是蘇聯在東方的唯一港口，這個事實，只怕再也不會改變。」

我悶哼一聲，無話可說，歷史上的一些變化，在變成了事實之後，再要去改變它，唯一的方法，似乎就是大規模的戰爭。

蓋雷夫人忽然又轉變了話題：「我十分欣賞一種遊戲，源自中國的圍棋，那是一種巧妙地運用力量以擴展自己勢力的遊戲，在開始時，雙方的實力完全一樣，可是在逐步的運用過程之中，就出現了高下强弱之分。」

我心緒十分亂，只是「嗯」了一聲。

蓋雷夫人繼續發揮她的理論：「說起來很公平，一局棋，如果到了中途，一方覺得自己輸了，把棋局搞亂，再來一盤的話，輸的一方還是輸，不會有什麼奇蹟出現。」

她的話，不論她是在爲什麼行爲作辯護，都難以聽入耳。我立時不客氣地道：「當年德國的納粹黨，沒有請你去幫他們作宣傳，眞是可惜。」

蓋雷夫人沒有說什麼，只是向我望了一眼，在她眼色之中，大有「你怎知我沒有幫納粹做過事」的意味，這不禁令我怵然，由於她的身分是如此神秘，她的過去，做過什麼事，只怕世上沒有人確切知道。

我吸了一口氣：「言歸正傳吧。」蓋雷夫人道：「好，由於俄國國土雖大，但是海路出口卻不多，許多愛國者，都一直在這方面動腦筋——」

我不得不大聲提出抗議：「請注意，用任何藉口，侵奪他國的領土，都是醜惡的行徑，有這種想法的人，不能稱為『愛國者』。」

蓋雷夫人閉上眼睛一會：「好，不論稱他們為什麼，他們的計劃，有的十分可笑，有的十分瘋狂，巴曼少將一直在秘密進行的計劃，就屬於瘋狂這一類。」

我道：「總算說到正題了，他的瘋狂計劃是什麼？」

蓋雷夫人用十分鎮定的語氣道：「他計劃，在黑海海峽的海底，部署超過足夠力量的核爆裝置——」

我才聽到這裡，已經禁不住機伶伶地打了一個寒戰，失聲道：「製造一場核子戰爭？」

蓋雷夫人搖頭，聲音一樣鎮定：「不是核子戰爭，因為沒有戰爭的對方，巴曼少將進行的遊戲，對手是大自然，他要為被陸地包圍的黑海打開一個大缺口，根據他的計劃，核爆裝置的力量……如果核爆發生，那麼，由於地殼斷層因為猛烈的爆炸而變動，一大片土耳其的歐洲和亞洲部分，會在地圖上消失，黑海和地中海，會在兩百公里闊的海域，聯成一氣。」

我用心聽著，聽到這時，反倒笑了起來，這種計劃，確然想像力非凡，但是——我立時問了出來：「有可能實現嗎？」

蓋雷夫人抿著嘴，不出聲。

我仍然笑著：「這位巴曼少將，應該改行去寫幻想小說，或者，把世界地圖製成拚圖，隨便他喜歡拿掉哪一塊——這種人，在瘋人院中，倒也並不少見。」

蓋雷夫人沉聲道：「別忘記，他的精神狀態，經檢查之後，絕對正常。」

我大聲道：「想出這種計劃來的人，就是瘋子。」

蓋雷夫人想：「如果眞有力量可以使他的計劃實現，只能說他行爲瘋狂，不能說他是瘋子，因爲他想到的，是一個可以付諸實現的計劃。」

我的聲音有點梗塞：「可以付諸實行？」

蓋雷夫人道：「事實上，他的計劃，兩年來，已經實現了一半。」

我陡然跳了起來：「什麼意思？」

蓋雷夫人雖然力充鎭定，但是我可以看得出，她其實也極其緊張，她的聲音也有點乾澀：「海底核爆裝置已經完成了。」

我在一怔之後，「哈哈」笑了起來：「不可能，絕無可能。」

蓋雷夫人重覆著：「海底核爆裝置，已經完成，一旦爆炸，就可以使他的計劃實現。」

我則仍然重覆著：「不可能，絕無可能。」

在我們各自重覆了五六次之後，我才喘著氣：「就算計劃經過蘇聯最高當局批准進行，也無法在神不知鬼不覺之間，完成這麼巨大的海底核爆裝置，何況只是巴曼少將那小集團在進行。」

蓋雷夫人道：「如果是國家力量在進行，東西方情報戰激烈，一定有消息洩漏，反倒難以全然不爲人所知。正由於巴曼少將用小集團方式，極之秘密地進行，所以才不爲人知。」

我仍然道：「不可能，你是在對我說一個神話，這樣巨大的海底核爆裝置，要動用多少人力物力？巴曼少將算得了什麼？把他屬下，黑海艦隊所有的導彈的核子彈頭拆下來全用上，引爆之後，只怕也不能使黑海海峽增闊半分。要達到他的目的，那場核爆的規模之大，足可以毀滅地球了。」

蓋雷夫人不出聲，我又道：「就算利用地殼斷層，核爆力量也必然是不可設想的大，你編了這樣一個神話，目的是什麼？」

蓋雷夫人忽然現出十分疲倦的神態來，那是一個老婦人的疲倦神態，蓋雷夫人這樣的人，現出這種神態，那證明她眞的心力交瘁了。

她停了片刻：「全是眞的，不是神話，這有全部有關的文件，你一面看，我一面向你解釋，這件事，我們自己也認爲不可信，但卻實實在在是事實！」

她把那手提包，放到了我的面前，我先不去看裡面的文件，只是盯著她問：「一個問題就夠了，他的核爆裝置，自何而來，要明白，那絕不是海底試爆那麼簡單，而是要把接近五十萬平方公里的陸地，在地球表面消失！」

蓋雷夫人的聲音也透出疲倦，揮著手：「你先了解事實，再追究原因，好不好？」

我望了她片刻，心中亂成一片，但是想來想去，覺得以她這樣身分的人，絕沒有理由編一個神話來說給我聽，天下豈有這樣吃飽了飯沒事做的人？

於是，我把手提包放在桌上，把文件全取出來，一面看著，一面聽蓋雷夫人的解說。

整件事，實實在在，不可相信，但是卻偏偏有著極其確鑿的證據，而且事情發生的經過，也堪稱奇絕。

當然，要把整件事詳細記述出來，那至少要五十萬字，我採用最簡略的方法，把這個「頂峯機密」中發生的事，記述下來。

事情確切從哪一天開始？自然是從巴曼少將動了意念，想要替黑海打開一個大缺口，使黑海成爲眞正海洋的一部分，改變黑海是一個內海的現象開始。

巴曼的這個意念，可能他在少年時期就已經有了。少年人十分喜歡幻想，他早有此念，也大有可能，所以確實的發現日期，已經不能追尋。

事情發作的日子，倒有確切記載，是今年三月二十日那一天，有一份報告，放在黑海艦隊司令員，普羅科夫海軍中將的辦公桌上，報告是司令部直屬辦公廳擬上來的。普羅科夫中將翻閱這份報告，一直皺著眉，報告的內容是：「根據巴曼少將的命令，不按照正常程序調用艦隊所屬兩艘屬於絕頂軍事秘密的『海底工程船』進行特別任務，已屬兩年來的第九次，以往八次，皆有報告呈上。」

中將之所以皺眉，是第一次接到這樣的報告，他就曾把巴曼少將召到辦公室來，向他當面質詢。巴曼少將年紀並不大，作爲一個海軍少將，他年紀甚至可以說是相當輕，英俊挺發，而且和中央，最高領導階層的關係，好得異乎尋常，目前普羅科夫雖然是他的上司，但是也不敢太得罪他，因爲說不定什甚時候，一項發自中央的任命調動，上下級關係，就可以對調。普羅科夫是一個老資格了，自然深通爲官之道。

第一次，他只能把報告推到巴曼少將面前，讓他自己去看。巴曼少將傲氣十足地翻了一翻，就把報告推了回去：「導彈有緊急工程，所以未曾採取正常步驟，我以爲我有權調動這些工程船。」

普羅科夫道：「當然有，但最好按照程序。」

巴曼少將更傲慢：「最好叫辦公室別再打這種報告。」

普羅科夫心中相當生氣，但是卻打著哈哈，他沒有叫辦公室不打這種報告，這種報告兩年來連續在他桌上出現，他卻也沒有採取什麼行動。

這一次，他實在忍無可忍了，通過副官的聯絡，半小時之後，巴曼少將又進了他的辦公室。中將注意到了巴曼少將容光煥發，有一股難以遏制的興奮，看起來趾高氣揚。

中將指了指報告，等待巴曼的解釋，巴曼放肆地笑了起來：「要改變人類歷史，誰去斤斤計較規章？」

中將忍著氣：「工程船進行的是什麼任務，請你交一報份告上來。」

巴曼少將立正，挺胸，他身形本就高大異常，這時看來，更是英姿勃勃。

巴曼少將響亮地回答著：「是。」

巴曼少將的報告，在第三天就送到了普羅科夫中將的手上。

八、瘋狂計劃

這份報告，就是蓋雷夫人說過的，巴曼少將的「瘋狂計劃」。普羅科夫中將看到一半，幾乎沒有昏過去。

這份計劃，也在蓋雷夫人的手提包中，文字圖片均經過了縮小，但還有厚厚的一大疊，計劃十分詳細，把巨大核爆的一切，都計劃得清清楚楚，連如何在事先，假借一個藉口，要先令該計劃中核爆地區的所有人遣散，都計劃在內。

如果這個計劃眞的付諸實行，需要遷移的人，超過一千萬，那將是人類歷史上最大的一次遷移。

當地的地層結構，也在計劃之中，還有圖表說明，地殼斷層裂開之後，整個陸地所發生的巨大變化，可以使黑海和地中海聯成一氣。自然，受影響最大的國家是土耳其，它的歐洲精華部分，會完全消失。保加利亞、羅馬尼亞瀕臨黑海的部分，也會受到影響。計劃書中並且指出，羅馬尼亞和保加利亞也受牽連，是一件好事，這兩個國家，一向聽命蘇聯，如果大規模的遷移運動，先從這兩個國家開始，土耳其不得不跟著進行。而運用什麼藉口，來逃避製造這樣一場大核爆的責任呢？巴曼少將的想像力，眞是豐富之極，他的計劃是，在大爆炸引爆的一年之前，就由蘇聯國防部不斷向全世界發佈消息，說已有極可靠的情報，某外星的侵略先頭部隊將要進攻地球——要製造一些假證據，十分容易。而進攻地球的第一個目標，會是黑海海峽。估計地球上還沒有足夠的防衞力量，所以必須把這一地區的一切撤走，依據外來侵略者第一次進攻時所使用的武器，破壞力量，再來商議對策。

這種藉口，雖然有點匪夷所思，但卻並非不可實行，巴曼少將甚至計劃了進行的步驟，首先使在太空軌跡中航行的若干人造衞星爆炸，當作是外星侵略者的所爲。

把一切全都推在虛無縹渺，無可追尋的外星侵略者身上，巴曼少將無疑是幻想的天才。

這個計劃，如果用蘇聯這樣超級大國的國力去逐步進行，可以進行得天衣無縫。

我看到一半時，雖然心中再告訴自己：只不過是計劃，不可能實行的，蘇聯領導層，不可能被巴曼的瘋狂計劃打動，可是一面在這樣告訴自己，一面已然冷汗直淋，連手心也全是冷汗。

計劃還估計了核爆之後，輻射塵的擴散程度，和黑海、地中海一帶可能發生的海嘯，也估計到了至少要十年之後，一切才能恢復正常。那當然是一場人類有史以來最大的人爲災難，但是計劃說：「爲了我國長遠的利益，完全值得執行」云云。

普羅科夫中將當時看這份計劃，看了一半，就幾乎昏了過去，不是嚇昏，而是氣昏的。這樣荒謬的計劃，卻花了不少人力物力，精心地，一本正經編出來！

我匆匆看完了計劃，把其中詳細列明，有關數據的部分全部略了過去，只注意到了有些數字，竟然精確到了小數點以後的五位數。

我合上了計劃，吁了一口氣：「司令員實在不必生氣，他應該知道這個計劃，絕無被批准執行的可能，雖然貴國眞要瘋狂起來，這計劃並非不可行。」蓋雷夫人點頭：「當時中將的態度確然如此，他立即召見巴曼少將——」

司令員召見巴曼少將時，自然怒氣勃發，拍著桌子，吼叫著：「這算什麼？國家電影製片廠請你協助編寫劇本？」

巴曼十分嚴肅地回答：「這是有關國家前途的計劃，司令員同志。」司令員叫得更大聲：「你以為上頭會同意你的計劃嗎？你這個——」他接下來，罵了一連串的髒話，巴曼少將只是挺立著，等司令員罵完，他才道：「有人幫助我，我可以在某些幫助之下，完成這個計劃，事實上，計劃中的一切，一直都在秘密進行，進度超乎理想，所以我才連續動用工程船，而且，我認為計劃可以在內部，極機密的情形下公開了。」

司令員眞不相信自己的耳朵，他連聲問：「誰！誰在幫助你完成，進行這個計劃？」

巴曼少將的回答是：「關於這一點，目前還必須是絕對的機密。」

司令員自然更怒：「什麼意思？我是司令員，保密，對誰保密？」

巴曼少將沒有回答。

（以上的經過，是在一份由普羅科夫中將簽名的報告之中，司令員向上司報告的情形，當然是事實，這份報告的副本，也在衆多的文件之中。）

司令員幾乎要動用權力，把巴曼少將軍法從事，他辦公桌上，直通莫斯科的直線電話，響了起來，司令員清了清喉嚨，才拿起了電話來，電話中傳來的是一個他熟悉的大人物的聲音，他，作爲黑海艦隊的司令，也必須聽這個大人物的命令。

大人物直截了當地告訴他：「巴曼同志的計劃，最高方面正在研究，他有一切行動自由，從現在起，他的職務有新的調動，不再隸屬黑海艦隊，但是有權動用黑海艦隊的一切資源，你作爲司令員，必須盡全力協助他。」

司令員聽得目定口呆，他想爭辯幾句，可是卻說不出話來，而大人物已掛上了電話。

巴曼少將的態度，倒也沒有再特別倨傲，當司令員揮手請他離去之際，他還是行了一個軍禮。

我聽蓋雷夫人說到這，不禁更加駭然：「貴國的領導層，居然會同意這個計劃？」

蓋雷夫人吸了一口氣：「事後證實——出了事之後才證實，那位大人物，並沒有打過這個電話。」

我越聽越是奇訝：「那麼，當時這個電話，是巴曼安排的？這……確然不是難事，但是，如何模仿大人物的聲音呢？」

蓋雷夫人道：「這一點我們不知道，巴曼一再提及他有外來的助力，這一點最可疑，你再詳細了解下去，就會明白了。」

我想了一想：「是不是貴國權力中心的最高層，經已同意了他的計劃，在暗中給他幫助？」

蓋雷夫人望著我，也顯示了一絲疑惑，但是她立即又搖了搖頭。

我補充著我的意見：「貴國近年來有不少行動，十分古怪，例如瑞典領海，不斷出現神秘的潛艇，又例如一枚導彈，忽然飛入了芬蘭的國境，等等，這些行爲，自然都受最高權力中心的指揮，也可以說是在進行巴曼的計劃，造成一種已有外星侵略者開始向地球進攻的假象，那枚射向芬蘭的飛彈，就有傳說，是爲了對付一架不明飛行物體。」

蓋雷夫人又呆了半才又搖著頭：「不可能，除非另外有一個秘密權力中心存在，可是……可是事情又實在十分奇怪——」

她講到這裡，想了一想，才又道：「事實是，巴曼少將已經取得了他所需要的一切——」

她陡然之間，講出了這樣一句話來，我不由自主在喉間發出了「咯」的一下聲響：「請……你說得具體一點，什麼意思？」

蓋雷夫人苦笑了一下：「他已經在不知不覺間，完成了核爆裝置，在博斯普魯斯海峽、馬爾馬拉海峽、達達尼爾海峽，都完成了核爆裝置，可以同時引爆，來達成他的計劃。」

我又呆了一呆，才笑了起來：「我想這是他在騙人，他哪裡來的所需的一切，貴國的核武器儲備，雖然相當豐富，但只怕全給了他，也還不夠。」

蓋雷夫人沉吟著：「我國的核武器，要動用的話，有一套極嚴密的規章和制度，決不是一個小集團所能隨便接觸。」

我道：「這就是了，其他國家，當然也不會給他幫助，所以，他在騙人。」

蓋雷夫人深深吸了一口氣：「如果他騙人，我也不必把這些事告訴你了，事實是，五月中，巴曼少將向司令員提出，說按照他的計劃，一切都已部署妥當，核爆隨時可以進行——」

我有點慌亂地揮著手：「司令員會相信嗎？」

司令員自然不相信。

普羅科夫中將，接到了巴曼少將的報告，嗤之以鼻。自從接到命令，上頭允許巴曼少將有行動自由，盡量去發揮他的「天才計劃」之後，司令員十分不滿，也通過了各種渠道，向高層反映這種情形的不合理，也有了一點反響。

據司令員官場的經驗，他估計在不久的一次高層會議之中，可以來一次反撲，反撲如果成功，不但可以使巴曼少將職務不保，也可以使他的後台靠山，從高位上垮下來。

所以，司令員對巴曼的行動，暫時採取冷眼旁觀的方法。

不過，作爲黑海艦隊的司令員，聽到了「一切部署完成」的報告，也不免暗暗心驚，因爲他懂得那需要多少核武器才能完成，如果沒有最高當局的全力支持，巴曼少將如何有能力完成部署？

所以，當巴曼少將請他和參謀長，一起去觀察一下那些已完成的裝置之際，他和參謀長商量，帶著極度疑惑的心情答應了。出發之前，他的準備功夫也相當充分，帶了超過十個專家。所有人利用潛艇觀察，行動高度機密，因爲蘇聯潛艇，駛入黑海海峽，是違反國際公約的，一給土耳其方面知悉，立時會形成巨大的國際糾紛，所以，在潛艇上，裝設了「隱形」裝置——一種複雜的反探測系統，可以避過深海聲納探測和雷達探測的設備。

那艘潛艇，就是黑海艦隊潛艇母艦所附的兩艘其中之一。

這次「視察」，歷時二十八小時，視察的結果，令得司令員、參謀長和他們帶去的專家，目定口呆。的而且確，恰如巴曼所言，在黑海的三個海峽的海床之上，有著巨大到不可思議的核爆裝置。

我聽蓋雷夫人講到這裡，大聲打斷了她的話：「證據只是表面的，有裝置，但一定沒有眞正的核子彈，就像是一柄只有空彈殼的手槍，只能起到恫嚇作用。」

蓋雷夫人臉上的許多皺紋，擠在一起：「任何人都但願如此，可是科學上的證據，卻一應俱全，專家甚至可以肯定，巴曼少將的呈報數據，完全正確，核爆裝置一旦引發，產生的威力，足以造成他預期的效果，那是三萬倍超級氫彈的威力。」

我立時「哼」地一聲：「貴國所擁有的超級氫彈，總數不會超越一百顆吧。」

蓋雷夫人吸了一口氣，才道：「是，所以在證實了核爆裝置確然已部署完成之後，巴曼少將的『幫助』，究竟來自何方，就成了最難理解的事。」

我保持著沉默，因爲事情實在太不可思議，也太紊亂了，甚至無法提出任何問題。過了一會，我才道：「貴國最高層反應如何，難道他們也不知道巴曼少將的助力，來自何方？」

蓋雷夫人嘆了一聲：「證實了巴曼少將所說屬實，最高領導層的震驚程度，在任何人之上，自然立即召開了緊急會議——我也是這次最高層的緊急會議的參加者之一，因爲在決策方面，隨時都會應用到情報資料。」

我點頭，表示理解以她的地位，確然有資格參加這類最高層的重要會議。

會議的形態，可以說奇特之極，只怕是蘇聯自從十月革命以來，從來也未曾出現過的怪現象。最高權力中心，在巴曼少將的面前，全然無所發揮權力的作用，當那個電話——當時打到普羅科夫中將辦公室中的電話，被揭穿並無其事，權力中心嚴厲地要求巴曼少將解釋，巴曼少將只是輕描淡寫地道：「這只是我所獲得幫助的一部分，以便我的計劃順利進行。」

權力中心的責問更加嚴厲：「你的幫助，是來自哪一個外國？」

以巴曼少將的身分，他如果接受任何外國這種形式的「幫助」，那是極其嚴重的叛國罪，可是巴曼少將仍然若無其事，他的回答是：「接受幫助的條件之一，是要嚴守秘密。」

他的這種態度，令得所有參與會議的人，忍無可忍，在一片責斥咆哮聲中，普羅科夫中將當時就出手，摘下了巴曼少將的領章和軍章，而且也決定了要把他軍法從事，立時處決。

可是這羣情洶湧之中，巴曼少將說了幾句話，卻又令得整個會議室，在突然之間，變得鴉雀無聲。

巴曼說的是：「不論你們怎樣對付我，我要指出一個事實：裝置已經完成，控制發射的所在，只有我個人知道，你們不能拆除裝置，一動手拆除，爆炸就會自動發生，爆炸已開始倒數，時間是一年——三百六十五又四分之一天。關於外星侵略者要進攻，地球的某一部分，必須進行大撤退的宣傳，應該立即開始，換言之，人類歷史上最偉大的計劃，必須一絲不苟，按章進行。」

巴曼說出如此之斬釘截鐵，神態自若，任何權力，在他身上都不發生作用，就算當時把他大卸八塊，也難以阻止他瘋狂計劃的實現，所有參加會議者，面面相覷，不知如何才好。

最後，還是由一位大人物，把肩章和領章，送給了巴曼，巴曼在接回去的時候，冷笑著：「少將的軍銜，算是甚麼，我可以作全人類的總司令！」

所有人啼笑皆非，先勸巴曼回敖德薩，巴曼離開之後，激烈的爭辯又開始，在幾小時之後，總算有了一項議決：這件事，必須按照最高機密來處理，絕不能有絲毫外洩。其次，再派一批專家，到黑海海峽去觀察那批核爆裝置。

再一次觀察，巴曼少將有恃無恐，合作之極，把專家所需要的資料，盡量供給。

十天之後，視察結束，專家的結論這樣說：「要覆核巴曼提供的資料上的數據，我國現有大型電腦，不能負擔操作之責，估計美、蘇、英、法等國聯合，也未能勝任，暫時無法知道這批數據如何計算得來，但卻有强烈的說服力，證明一切事實。」

機密會議再次召開。

九、大禍臨頭

會議並沒有巴曼參加，巴曼只是在「等會議的決定」。會議中議論紛紛，最後的決定是：贊成黑海艦隊司令員和參謀長，說服巴曼少將取消他的計劃。

司令員普羅科夫中將和參謀長維拉斯基少將，明知道那不可能，不肯接受這個任務，可是會議卻除了他們兩人之外，一致議決通過，並且授權他們兩人，可以採取任何方法和手段。

兩人無可奈何地接受了這個任務，回到黑海艦隊的基地，他們採取了一個十分特殊的方法來對付巴曼少將。

在只有他們三個人參加的秘密聚會上，普羅科夫中將一面笑著，一面對巴曼道：「你的遊戲玩完了！而且，這是一個失敗的遊戲，開始倒眞能使人大吃一驚，但等到人人鎭定下來，就拆穿了你的恫嚇，因爲你根本說不出，你從何得到那麼巨大的核爆能力。」

當時，巴曼少將的神情難看之極：「不要問能力自何而來，的確有那種能力存在，是不是?」

司令員和參謀長一起笑，他們裝得極像，像是真的覺得事情十分可笑，他們道：「證明?唯一的證明方法，是真有這樣的一場核爆，不然，我們決定不相信。」

巴曼怒道：「我可以有進一步證明。」

司令員直指著他：「你不能證明什麼，你根本是一個神經極不正常的瘋子。」

巴曼吼叫起來：「你們才是瘋子，事實放在眼前，你們不信，才是瘋子。我明天一早就到莫斯科去，回來就有新的證據給你們看，也可以證明我的神經絕對正常，你們可以先一天在潛艇上等我，我一從莫斯科回來，立即和你們會合，讓你們知道這不是遊戲！」

這一次秘密聚會，在午夜時分進行，其中自然還有反覆的爭論，巴曼少將離去之際，已是天明時分，他搭乘專機到莫斯科，而普羅科夫也立時和莫斯科直接通話，表示他們可以在那艘潛艇之中，把巴曼少將解決掉。

最高權力中心反問：「核爆裝置已開始倒數，不管巴曼是死是活，一年之後，核爆就會發生，在未找到防止的方法之前，不應該『解決』巴曼。」

而情報機構方面——自然是蓋雷夫人的傑作，也提供了意見，說巴曼少將在過去兩年之中，花在那艘潛艇上的時間，超乎尋常，而且經常秘密駛這艘潛艇出海，而已經證明，這艘潛艇上的所有官兵，全是他的親信，相信在他們之間，有一項秘密的宣誓儀式在。

而且，那艘潛艇，有一個外表看來一模一樣的倣製品，目的也並不是用來愚弄西方國家的間諜衞星，而是用來愚弄黑海艦隊的自己人，不讓人知道巴曼在不斷使用這艘潛艇。

根據這樣的情形來分析，這艘艇對巴曼少將來說，一定十分重要，說不定核爆的控制中心，就在這艘潛艇上。

所以，建議司令員帶一批可靠的官兵，先一天登上潛艇，調離原來官兵，在潛艇上，進行徹底搜查，如有所獲，就可以對付巴曼。

蓋雷夫人的建議，得到了接納，所以他們先帶人登上那艘潛艇——那一天，他們的活動，土耳其的特工，只知道一點，內幕如何，絕不知悉。

這時，我聽蓋雷夫人講著，雖然她的語調聽來十分平淡，可是她所講述的事，驚心動魄，聽得我連氣也喘不過來。

我有點失神落魄地問：「在這一切進行的時候，你們確信眞有核爆裝置在黑海海峽？」

蓋雷夫人道：「是。」

我搖著頭：「這很難理解，據我所知，核爆裝置十分複雜，眞正發生作用的，當然是它的中心部份，在中心部分有著核爆的原料，我認爲在未見到原料之前，不能確定。」

蓋雷夫人嘆了一聲：「當然不必親眼看到，有很多儀器可以探測得到，儀器探測的結果是超過了所有儀器的負荷，這足以證明了。」

我呆了半晌，覺得事情的要點，恰如蓋雷夫人曾說過的：最大的關鍵，是巴曼少將得到了什麼人的幫助，才能完成這樣的裝置！

呆了半晌之後，我才道：「以後的發展怎麼樣？」

在我這樣問的時候，在許多許多的疑問之中，有一個問題始終在心頭：她告訴我這樣的秘密，究竟是爲了什麼目的呢？

自然，這個問題，等她把全部事情告訴了我，再問她不遲。而且，就算我不問她，她也會告訴我，因爲她一開始就已經說過，她需要我的幫助。

司令員、參謀長，帶著可靠的官兵，行動十分順利，一下子就接收了潛艇母艦，把巴曼少將的親信，超過一百名官兵，全都看管起來。

這時，巴曼少將正在莫斯科，向權力中心再一次强調，他進行的一切，絕不是遊戲，他也不承認是瘋子，所以主動到軍事醫院去接受檢查。

他在莫斯科的活動，包括了到一個導彈工廠，和國防部的機密會議。蓋雷夫人作爲主要的情報工作者，在巴曼少將不知道的情形之下，密切監視著他的行動。

巴曼少將在秘密會議上，又透露了一個事實，核爆將會由一枚導彈引發——到了發動核爆的時候，一枚導彈，由預先安排好的地點射出，直射向黑海海峽，觸發猛烈的核爆。

導彈工廠的一批專家，證實了這個計劃的可行性，而醫院的專家，又證明了巴曼一切正常。

自然，巴曼少將的一切言行，立時通知了在潛艇上的黑海艦隊司令員和參謀長。潛艇上的一切活動，也立時報告到權力中心。

對潛艇的徹底搜查，在三小時之後，就已經有了極明顯的結果。

在潛艇上，發現了一個秘密的艙房，根據潛艇的設計圖則，它應該是潛艇的輔助動力室，但顯然經過改裝，動用了專門開啟牢不可破的防護門的專家，把艙門打開，發現裡面是另一道更堅固的門。

而且，在門上有紅色的警告：「此門若不按照正常程序開啟，立時會發生猛烈爆炸，爆炸後果極其嚴重，任何人等，不能輕舉妄動。」

在這種情形下，自然據實報告，權力中心的決議是：等巴曼少將登上潛艇時，可以用任何手段，使他用「正常方法」打開這扇艙門。

一場「潛艇大喋血」已經在等著巴曼少將，但是巴曼少將還是一到就登上了潛艇母艦，爲了使巴曼和他的親信隔離，所以巴曼一上艦隻，立時就啟航，離開了基地，以便孤立巴曼。

西方的情報人員只探到了這裡爲止，以後的發展就不知道了。

我屏住了氣息，問：「結果發生了什麼事？」

蓋雷夫人的神情，沮喪之至，半晌不出聲，才道：「我應該跟上艦隻去的。」

我駭然：「你是說，發生了什麼事，你也不知道？」

蓋雷夫人沉默了片刻：「我派了人在潛艇上，保持密切的聯絡，那是無間斷的通訊，也就是說，潛艇中發生的一切，我們立刻可以知道，巴曼少將一上了潛艇，他和司令、參謀長之間的對話，我們每一個字都可以收聽到，這裡是錄音帶，請你聽一聽，或許你可以提供一點意見。」

我心中疑惑不已，蓋雷夫人取出了小型錄音機，播放錄音帶，同時，她解說著：「地點是在潛艇的主艙之中，時間是巴曼上船，母艦立時啟航之後。」

我深深地吸了一口氣，立時聽到了一個相當粗豪的聲音，講話的速度十分快，俄語的節拍本來就緊密，再一說得這樣快，不是對俄語十分純熟的人，根本無法聽得清楚。

蓋雷夫人知道我可以聽得明白，所以她不再出聲，只是雙手交叉著，她也在用心聽，顯然她有不明白的地方，希望再聽一遍，可以聽出一些新的線索。

她只是告訴我，哪一個聲音屬於什麼人的。

第一個聽到的聲音，是巴曼少將的。

巴曼少將的聲音之中，有著怒意，也有相當程度的不屑：「這是什麼意思？誰下令啟航的？」

普羅科夫中將立時回答：「我，黑海艦隊司令，海軍中將普羅科夫。」

巴曼悶哼了一聲：「我以為在我回程途中，你們已接到了莫斯科方面的最新指令。」

維拉斯基少將比較陰森：「是，指令授權司令員可以用任何方法對付你。」

巴曼「哈哈」大笑了起來：「方法？什麼方法？莫斯科不可能不明白，對付我是沒有用的！重要的是核爆裝置，必然會爆炸。」

普羅科夫冷笑道：「不見得，我們已在潛艇上找到了一個秘密艙，請你打開它，我們有理由相信，裡面有著控制核爆的設備。」

巴曼仍然笑著：「看起來，這真是像一場遊戲，有許多線索，可以完成遊戲，可是一個線索，連結著另一個線索，不論你找到了多少線索，只要第一個線索解不開，就一點用處也沒有。」

維拉斯基責斥：「少說廢話，把那個船艙打開。」

巴曼少將卻自顧自道：「這第一個線索，就是我，我不會聽你們的任何指令，對於打開那個艙的門，我的回答是：不。」

他這個「不」字，說得十分大聲。而且語意堅決之極，以致令得要强迫他行事的人，一時之間，難以出聲。靜寂維持了並沒有多久，便是司令員下達的一連串命令，要潛艇的指揮，把潛艇脫離母艦駛遠去。

在這期間，夾雜著巴曼的冷笑聲，然後，司令員道：「你安排在潛艇上的人，全都被拘留了，你應該明白自己的處境，繼續與國家為敵，對你絕無好處。」

巴曼咆哮了一句：「你們才是國家的叛徒。」接著，他就以十分冷靜的聲音道：「希望你們派來的人會操縱這艘潛艇。」

這時候，一定是潛艇震蕩得十分厲害，不斷有碰撞的聲音和驚叫聲傳出，大約持續了三分鐘，司令員和參謀長也頻頻在問：「什麼事？發生了什麼事？」而巴曼也一直在冷笑。

過了不多久，就有一個聽來相當惶急的新的聲音加入：「報告司令員，參謀長，這艘潛艇……和原設計已大大不同，曾經經過徹底的改造，它的動力……比原來超過十倍。」

司令員的聲音又是驚駭，又是嚴厲，他叫著：「巴曼，你解釋。」

巴曼冷笑道：「我可以在黑海海峽下，完成那麼巨型的核爆裝置，改造一艘潛艇，算得了什麼？告訴你們，這艘是世界上設備最先進的潛艇，能其他任何潛艇所不能。」

司令員的聲音有點氣急敗壞：「你……一直瞞著上級在做這種事？」

巴曼對於司令員的指責，根本不回答，只是用十分威嚴的聲音道：「不是經過特殊訓練的人，根本不會操縱這艘潛艇，我勸你們把指揮權交給我，不然，任何一部分出了毛病，我們都會在海底喪生。」

普羅科夫中將大聲怒喝：「和你這種叛徒同歸於盡，也算是盡了我做軍人的本分。」

維拉斯基少將的聲音卻有點猶豫：「司令員，是不是先回基地再說？」

他的這句話才一出口，就聽到「砰」地一下巨響，在一下巨響之後，是衆多人的驚呼聲，和巴曼的哈哈大笑，然後，所有的聲響，一起消失。

我聽到這裡，蓋雷夫人已按停了錄音機，我呆了好一會，才道：「潛艇失事了？」

蓋雷夫人緩緩點著頭：「除了這個結論，好像不會有第二個結論了。」

我聽出她的話中，對「潛艇失事了」這個結論，似乎還有保留，但是又不知道她爲什麼這樣說。

我想了一想：「照說，潛艇啟航不久，不會駛出太遠，應該立即派出搜索隊去找。」

蓋雷夫人道：「當然，龐大的搜索隊，在半小時之後就出發，包括了海面，海底和空中的搜索，那時，母艦回航不久，估計潛艇離基地，不會超過三十海浬，可是搜索的範圍一直擴延到了六十海浬，什麼也沒有發現。潛艇失事若是嚴重，成了碎片，必然有物件浮上海面，若是不嚴重，一定沉在海底，可是搜尋的結果，卻是什麼也沒有發現。」

我皺著眉，想到這艘潛艇，曾經過徹底改造，巴曼曾自誇是世上最好的潛艇，那麼它的航速，一定超乎尋常。估計它離基地只有三十浬時，它可已在六十浬之外，當搜索範圍擴延到六十浬時，它早可能在一百浬之外，自然找不到了。

由於通訊的突然斷絕，在潛艇上，究竟發生了什麼事，全然無法知道，在搜索進行了三天之後，由於搜索的規模太大，甚至不得不臨時宣佈，有一場軍事演習在進行——仍然沒有踪跡，最高權力中心認為潛艇已在不明的原因中失事消失，艇上官兵，自然也都犧牲了，所以才發了訃告。

訃告中仍然有巴曼少將的名字，而且，照樣稱他為「同志」，那自然是為了掩人耳目，最高權力中心的意思是，關於巴曼的事，再也不要提起，就把它當成一場噩夢。

我聽到這裡，不禁失聲道：「怎麼能把它當成一場噩夢？核爆裝置還在海峽下面，一年——不到一年之後，它會由不知從何處發出的一枚導彈引爆。」

蓋雷夫人沉著臉，當她沉著臉的時候，她的神情十分陰森，而且臉上的皺紋也更多，老態畢呈。

她道：「最高方面的假設是，那枚導彈的發射控制，在潛艇的密艙，潛艇既然已不存在，那麼，那枚不知隱藏在何處的導彈，也就永遠不會再發射。海峽下雖然埋著禍胎，巨禍也不會發生。自然，日後如果該處的地層有猛烈的變動，可能引致核爆發生，但地層變動本身就是一個巨災，也不在乎災情加重。」

我一面聽，一面大搖其頭：「不對，不對，這一切，全是假設，一切的結果，都建立在假設的基礎之上，這樣的大事，怎能用一個假設來作推斷的根本？」

蓋雷夫人靜了片刻：「對，你的反應，和我完全一樣，現在我更相信，我來和你詳談，十分正確。」我苦笑：「先別恭維，你的意見──」蓋雷夫人道：「我向最高當局說了我的意見，但是最高當局反問我，有什麼法子可以證明潛艇還存在？我自然也拿不出證據來。」

我想了一想：「和那艘潛艇的聯絡，一直中斷？應該，像你這樣老練的人，應該有某些特殊的緊急安排的。」

蓋雷夫人一聽得我這樣說，不由自主地迅速眨著眼，並不出聲，我又道：「貴國最高當局處理整件事的手法，也不敢恭維，巴曼是最重要的一個人物，如果進行一場遊戲，他是遊戲的對手，如今把他弄消失了，遊戲的對手變成無形，怎麼應付？」

蓋雷夫人聲音苦澀：「或許他們認為，消滅了遊戲的對手，遊戲就結束了？」

我悶哼了一聲：「這不合規則，而且，巴曼只不過是露面的對手，別忘了他還有不可思議的後台——我絕不認為他是在和美國合作，美國不會對黑海和地中海合而為一的計劃有興趣。狂人卡達菲倒可以和他情投意合，可是利比亞根本沒有這種力量。」

蓋雷夫人深深地吸了一口氣，一聲不出，又按下錄音機的放音掣，我不知道她這樣做是什麼意思，因為錄音部分已經聽完了。

錄音帶開始轉動，在最初的一分鐘內，什麼聲音也沒有，我正待問她在弄些什麼玄虛之際，突然聽到了一下接一下的「畢」、「畢」的聲響，聲響還有著長短之分，分明是一種通訊密碼。

我立時向她望去，她道：「正如你所料，我預計到可能有非常事故發生，所以作了一項在緊急情況之下，可以聯絡的安排，那是一具可以發射極强力的超短波無線電波的儀器，可以在惡劣的環境之下，或是遠距離，接收到發射出來的電波。」

我登時緊張起來：「這……是潛艇失蹤之後收到的？它是什麼意思？」

在我們說話的時候，「畢畢」聲一直在持續著，我已聽出，它是在不斷重覆著一個簡單的音訊。

蓋雷夫人道：「這是在確定潛艇失蹤之後十天收到的，它只說了一句話：情況極度危急。」

我盯著她，沒有發出問題來，並不是我沒有問題，而是問題太多了。

在潛艇失蹤十天之後，還會有緊急訊號傳來，那千眞萬確，證明了潛艇只是失踪，隱匿在某個找尋不到的地方，而不是已經消滅了。

在這樣的情形下，如果把一切當作噩夢，那麼，噩夢才過去了十天，又已經重新開始。

蓋雷夫人好半晌不出聲，我終於忍不住道：「這證明潛艇仍在，你們最高當局怎麼說？」

她苦笑，笑容極其苦澀，像是才失去了孫兒的老祖母：「訊號，毫無疑問，是我安排的緊急通迅儀所發出來的，但是對領導中心，卻沒有說服力。」

我提高了聲音，充滿了疑惑：「怎麼會？我不明白。」

蓋雷夫人嘆了一聲：「也怪我設計太周詳了，緊急通訊儀，設計的特殊功能是，如果在無人操縱的情形下，到了一定的時候，會自動發出緊急的求救信號。所以，他們認爲這信號是自動發出的，就算潛艇還在，所有的人，一定都死亡，所以可以根本不必理會。」

我悶哼一聲：「只要潛艇還在，又怎知道發射那枚導彈的裝置，沒有自動發射的可能？」

蓋雷夫人點頭：「我提出了這一點，最高當局同意去追尋緊急通訊裝備發射的無線電波來源，這並不是很困難的事，很快就查明了，來源依然是在黑海，是在一處叫作——」

我失聲道：「魔鬼暗礁！」

蓋雷夫人緩緩點頭：「是，在魔鬼暗礁的中心部分，資料顯示，沒有任何船隻，沒有任何潛艇，可以進入那一處的海域。」

我不禁發出了一下呻吟聲：「別忘記，巴曼說經過他改造的潛艇，世上最好，這當然可以潛進那個海域去！你……你……你一開始就說小納也失踪了，連續的失踪事件……」

我絕不是大驚小怪的人，可是一想及事情的嚴重性，也不禁有點氣急敗壞：「這證明這艘潛艇……巴曼少將還在進行活動，一連串的失踪案，是巴曼在進行活動的結果！」

蓋雷夫人揮著手：「很高興你有這樣的推測，在小納之前的兩次失踪，人沓船在，可是小納和一個年輕的法國軍官，連人帶他們設備精良的潛艇，一起失踪。」

我道：「貴國準備怎麼處理？」

蓋雷夫人伸手，緩緩撫摸著她滿是皺紋的臉：「我承認我不懂政治，他們……決定根本不理。」

我不禁倒抽了一口涼氣。

決定不理！

決定不理，就是任由一年之後，有可能發生足以毀滅廣大地區的核爆，這樣的大核爆，會有甚麼樣的後遺症，誰也不知道。

這樣危急的大事，蘇聯最高當局，竟決定不理。

我被震呆弄得說不出話來，蓋雷夫人道：「我才一聽到這樣的決定時，震驚程度絕對在你之上，因爲一切經過，你只不過是聽我敍述，而我卻是親身參與的。」

我忙道：「我相信你的敍述。」

蓋雷夫人一副無可奈何的神情：「可是，想深一層，你叫他們能有甚麼別的行動？向世界各國發出警告？要求各國協助，誰會相信這種事？而且，就算事情證實了，全世界的譴責，必然紛函沓來，單是政治上的麻煩已無法應付，何況，也根本沒有力量可以在實際上應付巴曼的計劃。」

她講到這裡，頓了一頓：「我相信不僅是蘇聯政府，事情如果發生在美國政府、英國政府身上，結果一定完全一樣。」

我喘著氣：「那總不能把這場有可能發生的巨禍隱瞞著，不讓全世界知道。」

蓋雷夫人「嘿嘿嘿」冷笑起來，她的笑聲不是很好聽，在如今的情形下，聽來更令人毛髮直豎。她道：「整個人類面臨許多巨大災禍，各國政府還不是一直隱瞞著，不向人民公告？哪一個政府肯告訴人民，核武器的儲藏，已到了危險的程度？又有哪個政府肯公佈核子廢料處理的眞相？也沒有政府肯據實說出不斷的核試所造成的大氣層變動，會使整個地球上的生物都面臨巨大的災變。所有可能發生的巨禍，都被列入絕對機密，除了極少數人之外，任何人都無法知道。」

她越說越是激動，我聽她舉出了那些例子，也不禁目定口呆。因爲她所說的全是事實，是無數類似事實中的極少部分。

人類生活在各種各樣隱伏的危機和巨禍中，但是對這些危機和巨禍，人類又知道多少？作爲人類的領導分子，熱衷於政治上的勾心鬥角，表面上的官樣文章，把一切危機巨禍，弄得輕描淡寫，若無其事。

曾有人指出，四十五億地球人的命運，其實只掌握在四十五個人的手中，這四十五個人若是決定對任何巨禍置之不理，四十五億人又有什麼辦法？

想到這裡，我神情苦澀，蓋雷夫人直視著我，一字一頓地道：「這就是我爲什麼要來找你的原因。」

我陡然震動了一下，已經知道她接著要說什麼，所以我雙手一起揮動，連聲道

：「不，不，我沒有那麼偉大，也沒有拯救人類的力量——我不敢把上帝做的事搶過來做，我也不會再到黑海沿岸去旅行，以免恰好遇上了那場核爆。」

我一口氣說著，她只是靜靜聽著我說，等我的話告一段落之後，她才用十分平和的語調道：「其實，事情進行起來，也不是想像中那麼困難。」我笑了起來，作了一個「請」的手勢，意思是：既然如此請你進行吧。

蓋雷夫人沉聲道：「我有說我退出嗎？在紐約，我已經表示過，要和小納尋求合作的可能。合作，就是一起進行。」

我自然不會為她的話而動心，我站了起來，可是就在這時，白素的聲音在門口傳了過來。她站在書房門口，一定已經站了一會了，而我由於心情太緊張，所以才沒有注意她的來到。她笑著，語音柔和動聽，可是所說的話，卻著實不敢苟同之至：「衞，如果有什麼事，這位老太太都敢於勇往直前，我看你也不便退縮。」

白素忽然冒出這樣的一句話來，眞是不合時宜之至，我忙道：「別亂發表意見，你根本不知道是什麼事，也不知道這位老太太是什麼人。」

白素笑得十分燦爛：「我確然不知什麼事，但這位老太太是誰，倒是知道的，蓋雷夫人，很高興你能光臨寒舍。」

我心中一迭聲叫苦，白素根本不知道是什麼事，若是根據她的邏輯：老太太勇往直前的事，我也不便退縮，那眞是不知如何收科，所以我一連串眼色拋將過去，在十秒鐘之內，眨眼眨得我眼皮生痛了。

可是白素卻一點也不理會，不但和蓋雷夫人握手，而且還熱情地擁抱，看得我只好閉上眼睛，一面心中仍連珠價叫苦。

蓋雷夫人這老奸巨猾，卻正在展其所長：「衞夫人，眞高興你出現，眞的，衞先生是我決定可以求助的唯一人選，正由於他有一個美麗又出衆的妻子。」

我忍不住大聲叫了起來：「好了，好了，這件事，我無法出任何力，你其實也早應該知道，你不應該把絕頂機密告訴我。」

蓋雷夫人的神定氣閒，和我的咆哮跳躍，恰成對比，這使我不得不承認「薑是老的辣」。她道：「如果人類有巨禍臨頭，我認爲衞先生你有權早一點知道。」

白素還在笑著：「會有什麼大禍？世界末日到了？」

我沒好氣地盯著她：「也差不多了。」

白素的理論眞是怪極了：「世界末日一到，人人都活不了，若是可以阻止，再大的危險，也就不成其爲危險了。」

我苦笑：「請別在這種時候，再玩詭辯遊戲。」

白素轉向蓋雷夫人：「別見怪，剛才提到最高機密，是貴國的最高機密？我是不是可以聽一聽？」

我道：「當然可以，你和這位老太太，可以作幾小時的詳談，對不起，我不奉陪了，我想靜一靜。」

我眞的想靜一靜，而且，白素要從頭到尾，了解是怎麼一回事，也的確需要好幾小時，所以，我一說完，立時就走出了書房。

蓋雷夫人也眞能掌握時間，我在離開之時，已然聽得她在開始了：「事情是這樣的……」

我直衝下樓，一面不住深深吸著氣，思緒十分紊亂，我坐下來，把整件事，迅速想了一遍，整件事最不可解之處，自然是支持巴曼少將瘋狂計劃的，究竟是來自何方的力量這一點。

地球上不會有這麼巨大的力量。

而巴曼少將的計劃中，有一項是假借外星侵略者要攻擊地球，來發動大遷徙，那自然是一個很好的藉口，難道弄假成眞，眞是有什麼外星來的力量，在幫助他完成這個計劃？

是他先有了這個計劃，驚動了外星人，還是他根本就是在外星人的協助之下，才想出這個計劃來的？

如果眞有外星人參與其間，地球上的黑海和地中海聯結起來，對外星人來說，又有什麼好處呢？正如對地球人來說，他媽的八百萬光年之外的一個星球忽然多了一座山，關地球人什麼事呢？

看來，這個疑問，只有巴曼才能解答。

巴曼是不是還沒有死？他在主宰那潛艇，還在活動？他進一步的行動，又是什麼？

我正在雜七雜八地想著，白素的聲音，又自上面傳了下來：「衞，你的電話。」

我沒好氣：「說我不在。」

白素過了一會，又叫道：「我說了，但是他說有極重要的事，是土耳其打來的長途電話。」

我悶哼了一聲，奔上樓去，走進書房，蓋雷夫人目光灼灼地望著我，我一接過電話來，就聽到了聲音：「衞，是我，小納。」

雖然他一上來就報出了是誰，可是我還是不敢相信那眞是小納的聲音，因爲聲音之中，充滿了惶急和恐懼，像是他是在吃人族的大蒸鍋之中打這個電話，而且蒸鍋之下的柴火堆已經開始燃著了。

他的聲音影響了我，我的聲音一定也充滿了驚駭，以致蓋雷夫人和白素都一起向我望來，我道，「天，小納，發生了什麼事？」

十、不可思議的能力

一聽到我叫出了「小納」的名字，蓋雷夫人首先直跳了起來，眞難想像如她這樣的一個老婦人，動作可以靈活得像一頭受驚的野兔。

白素自然比較鎭定，她欠了欠身，按下了電話擴音裝置的掣鈕，小納的聲音立時每一個人都可以聽得到，他一面說，一面在喘著氣：「衞，我知道了一樁絕對無法相信，但是卻又不能不信的事。」

我和蓋雷夫人互望了一眼。小納在繼續著：「我知道我的話不是很容易明白，我還必須和蓋雷夫人聯絡，作進一步的證明。」

蓋雷夫人的聲音聽來是冷峻的：「我就在這裡。」

小納「啊」地一聲叫了起來：「那麼，一切全是眞的？巴曼少將所說的一切，全是眞的？」

我和蓋雷人陡然震動了一下：「巴曼少將？」蓋雷夫人立時以十分尖銳的聲音

問：「你見到他了？他沒有死？」

小納的聲音聽來像哭泣：「死？他比我們每一個人都健康，他正在他的堡壘中，等候著瘋狂計劃的實現，這個人，他……他……」

不知道是由於恐懼還是激動，小納竟然說到了一半，難以爲繼。

我立時接了上去：「小納，我建議我們立刻會面。」

我這句話一出口。心中就苦笑了一下，我一直在逃避著和小納、蓋雷夫人這一類人發生聯繫，可是這時，我卻主動要和他們見面。

當然，現在事情的性質已大不不相同，小納和蓋雷夫人在進行的一切活動，並不純屬於情報工作的範圍，他們是致力於阻止一場大災禍的發生，這場災禍，可以說是地球除了當年冰河時期以來的最大災禍。

如果眞有這樣一場大核爆的話，豈止把黑海炸開一個兩百公里寬的出口，後遺症簡直無法憑現今的科學知識去想像。

正如蓋雷夫人所說的：我們有共同的身分，我們全是地球人。

既然大家都是地球人，自然要爲挽救地球而出力，不可以再逃避下去。

小納苦笑了一下：「我眞的不知該如何才好，巴曼少將也有一個提議……可是我……我只想到首先，應該和你聯絡。衞，眞的會有一場那樣的核爆？」

我深深地吸了一口氣：「據巴曼少將所說，確然如此，而且，蓋雷夫人說，在黑海和地中海聯結的幾個海峽下，有核子爆炸的裝置。」

小納的喉際，發出了一陣模糊不清的聲音，也不知道他在那一剎間吞下了什麼東西。

蓋雷夫人對著電話大叫：「你現在在哪裡？」

小納呻吟：「還不是在錫諾普這鬼地方。」

蓋雷夫人的聲音果斷而嚴竣：「那你就留在這個鬼地方不要走，也別採取任何行動，記著，別採取任何行動，一直等我們見面。」

她簡直是在對小納下命令，而小納可能眞是六神無主，也不想想他和蓋雷夫人，根本處在全然敵對的地位，居然回答了一連串「是」，而且還補充了一句：「我能採取什麼行動？當然只好等你們了。」

蓋雷夫人向我作了一個手勢，示意我們要爭取每一分鐘時間，我又說了一句「

小納，好好照顧你自己。」小納回答了一下呻吟聲，電話就掛上了。

蓋雷夫人接過電話來，猶豫了一下，撥了一個號碼，我在一旁看著，可能由於事情十分緊急，所以她也不怕我看到。

我看到她撥的是國際直撥電話，區域號碼是「三五六」，當時我自然不可能知道那是什麼地方，但自然也立即可以知道，那是馬爾他島。

電話一通，蓋雷夫人就以俄語吩咐：「和最接近土耳其錫諾普的第一七九站聯絡，叫他們派最好的人，立即到錫諾普去，我估計在二十小時之內可以趕到該處，先到的人，要注意小納。」

我皺了皺眉：「注意一個要與之合作的人，不是什麼正當的方式吧？」

蓋雷夫人冷然道：「可以防止他胡來。」她放下電話：「我的人大約在一小時之內可以趕到錫諾普。」

我嚥了一下口水：「自然，你的人，可以在一小時之內，趕到世界上任何角落。」

蓋雷夫人笑了一下，並不覺得我在諷刺她，可是也絕不否認她真有這個能力。

她又打了兩個電話，全是要她的手下，爲她安排行程，包括由這裡到印度的最快行程，和在印度準備一架小型噴射機，直飛黑海北岸的一個空軍基地，再由那個基地用直昇機橫越黑海，在錫諾普附近的海面上降落，再經由快艇的運送，到達錫諾普。

她竟能在短短幾分鐘的時間，全盤計劃好了用最短的時間和最沒有麻煩的辦法到達目的地，腦筋之快，實在令人咋舌。

由於蘇聯和土耳其之間，一直存在著微妙而又緊張的關係，蓋雷夫人這樣身分的人，若要公然進入土耳其境內，可能惹起阻延，所以她才採用了偷進去的辦法。

她安排好了之後，向白素望去，白素緩緩搖了搖頭：「我不去了，我有點事。」

蓋雷夫人並不堅持，只是道：「可是，如果我們要向你求助的話，請你不要拒絕。」

自蓋雷夫人這樣的人物口中，說出這樣的話來，那簡直是對白素恭維之極了。連白素也不禁聳然動容：「你說得太客氣了。」

蓋雷夫人在白素的頰邊親了一下，一揮手，昂首向外走去，別看她身材瘦小乾枯，可是這時，她向外走去的氣概，簡直就是率領千軍萬馬去衝鋒陷陣的大將軍。

我也吻了白素一下，匆匆跟在她的後面。

一路行程，完全照蓋雷夫人的計劃進行，駕駛軍機的是一位蘇聯空軍少將，印度和蘇聯的關係，竟好到這樣程度，也頗出人意料。

一到印度，早就接到了報告，已有五個出色的特工，到達了錫諾普，其中兩個，負責留意小納，據報，小納和一個叫韓因的法國人在一起，在一間叫「老情人」的酒吧中，一直在喝酒。

韓因是和小納一起失踪的，現在又一起出現，他們失踪之後，肯定曾見過巴曼少將。可是那在什麼情形下發生，我和蓋雷夫人都無法設想。

我只是想到，既然幾次失踪事件，都在魔鬼暗礁附近發生，巴曼的活動範圍，就很有可能以這個暗礁爲中心。當抵達黑海北岸的蘇聯境內之後——那地方和錫諾普，隔著大約一百八十公里的黑海海面，遙遙相對。

直昇機飛行，只要一小時就可以，而一路上所花的時間，比預期少，而且一直接到的報告是，小納和韓因兩個人，已經在老情人酒吧中喝得酩酊大醉，不肯離去，就在酒吧中過了一夜。

看來，情形暫時不會有什麼變化，所以，我和蓋雷夫人都同意，直昇機的飛行線，不妨稍作修改，離開直線航行，轉向魔鬼暗礁的上空去看一看。了解一下那一帶的海域，究竟可怕到什麼程度。

直昇機起飛之後大約四十分鐘，就來到了魔鬼暗礁的上空，蓋雷夫人要機師盡可能把高度降低，機師看到了海面上千百個大大小小、洶湧之極的漩渦，激起極高的浪花，和激流在暗礁上磨擦所發出的可怕的聲音，竟然害怕連直昇機都被漩渦捲走，始終只在三百公尺的高度盤旋，不肯再降低高度。

這也難怪機師，因爲那一片幾乎全由漩渦組成的海面實在太可怕了。

海水可以有著無窮無盡的變化，那是盡人皆知的事。海水可以蔚藍美麗平靜如緞子，也可以波浪滔天兇狠得捲走一切。但是像那一片海面那樣詭異和猙獰，還是十分超乎想像之外。

千百個大大小小的漩渦，把整個海面，弄得看起來像是沸騰一樣，而且海水撞在礁石上，激起老高的浪花，又散成了無數細小的水珠後，也眞像是沸水所冒出來的水汽。

沸騰的海水，顏色灰黑，冒著大量的半白不灰的泡沫，又像是無數張大小不同，變幻莫測的嘴，等待著把每一樣它們可以吞噬掉的東西吞下去，而那些露在海面上的黑巉巉的礁石，就恰如這些魔鬼的怪口中的利齒，等待著把吞下的東西磨碎。

海面的氣流，一定也多少受了影響，烏雲結集在頭上，一層層，使海面更陰暗，本來應該是澎湃的海浪聲，在這只是尖利刺耳的呼嘯，直昇機的機翼轉動聲，全被那種厲嘯聲淹沒，耳膜聽了那種聲音，像是有利針在不斷刺擊。

在空中看來，已是如此險惡驚人，如果在水面上，更不知要險惡多少倍，而如果在水底——想到這，不由自主，打了一個寒顫。

直昇機在那一大片海面之上，盤旋了三轉，蓋雷夫人口唇動著，講了一句什麼話，可是全然聽不到聲音。多半是驚駭下面情形的兇險，機師向後面作了一個手勢，示意是不是要離去，同時轉過頭來，望著我們。

就在這時候，我注意到，在儀表板上，有一盞不應該亮的紅燈，亮了起來，而且在不斷閃動著。通常，這種情形，都是表示緊急或是危險。

我忙伸手向那盞紅燈指了一指，蓋雷夫人立時現出訝異的神色，移到了機師身邊的座位，拿起了一副耳機套上。按下了兩個掣鈕，紅燈不再閃亮，我知道紅燈的閃亮，一定是代表著緊急的通訊。

蓋雷夫人的臉色，在迅速變得難看，不到一分鐘，變得難看之極。她是一個老練的情報人員，會克制自己，喜怒不形於色，但是這時的情形，她分明是受了她能克制程度以外的刺激。

她不但臉色變得難看之極，而且，嘴唇在發著抖，甚至連手也在發抖，又不到半分鐘，她整個人都發起抖來。我看看情形不對，俯身向前，她一把抓住了我的手腕，抓得極緊，然後，另一隻手，又一下子扯脫了耳筒，大口喘氣。

不過，她恢復得也相當快，不到一分鐘，她就鬆開了我，向機師作了一個離去的手勢，等到直昇機飛到了海面的尖嘯聲不再那樣震耳時，她才道：「巴曼，巴曼少將，就在這片海域的下面！」

我也不禁震動了一下：「他發現了我們？剛才，他對你講了一些什麼？」

蓋雷夫人深深吸了一口氣：「他要直昇機立刻離開，並且說：如果我們需要普羅科夫和維拉斯基兩位海軍中將的遺體，他可以放出來給我們，但是他絕不保證，人的身體在離開了潛艇之後，在急速的漩渦的力量之下，會變成什麼樣子——」

她講到這裡，也喘了幾口氣，大約是由於實在震驚太過，勿然講了一句粗話：「這狗娘養的，他竟然告訴我，兩位中將的身體，有百分之九十九的機會，成爲兩團肉漿，比海水中的微生物還要細。」

我默默聽她說著，也不禁冒起一股寒意，我想到的是另一個問題：「當時，潛艇上還有其他許多官兵，這些人——」

蓋雷夫人又打了一個冷顫，用力一揮手，用極其厭惡的聲音道：「別說了。」

我不知內情，自然對她的這種態度，相當不滿：「我們是合作的伙伴。」

蓋雷夫人的神情，在那一剎間，完全恢復了她固有的冷峻：「好，我告訴你，船上的官兵全死了，他說，老的瘦的，全給他自魚雷管中放出去餵了魚，揀精壯的，他留著，足夠他吃一年的了。」

儘管蓋雷夫人是用十分平靜的聲音給這一番話講出來的，可是我聽了，腹際還是一陣抽搐，一面冒著冷汗，一面要深深吸氣，才能把那股強烈的嘔吐感壓下去。可是我的聲音還是有點發顫：「他瘋了，他是一個徹頭徹尾的瘋子。」

蓋雷夫人對於我對巴曼少將的評語，沒有什麼反應。我又道：「大量的深水炸彈，可以使他和他的潛艇，都成爲碎片。」

蓋雷夫人悶哼了一陣：「別忘了海底的核爆裝置。」

我大聲道：「他在唬人。」

蓋雷夫人苦笑：「也許，但是誰願意冒這個險，反正還有差不多一年時間，就讓這狗娘養的躲在海底，吃他的死人好了。」

我又起了一陣想嘔吐的感覺，而這時，直昇機已經開始降落海面上，一艘看來和普通漁船沒有什麼差別的殘舊船隻，正以極高的速度駛向前，自船上放下小艇，兩個顯然是僞裝的漁民駕著小船過來，把我們接上漁船去。

蓋雷夫人登船時，船上有十來個人，在舷邊站立向她致敬。

一個負責人模樣的人走過來，一面用十分恭敬的神態和她講話，一面斜著眼打量我，我懶得和這種人計較，自顧自在甲板上蹓躂。

船行半小時左右，又上了小艇，駛近錫諾普，這時，正是黃昏時分，在逐漸接近岸邊的時候，這個古城所有的建築物，沐浴在金黃色的夕陽中，原來的灰暗消失，蒙上了一層金色的光采，看起來倒另有風味。

在完全沒有人注意的情形下上岸，岸上又有兩個人迎了上來，一見面就道：「留意的目標，還在酒吧，醉得連頭也抬不起。」

蓋雷夫人悶哼了一聲，由那兩個人帶路，走了十來分鐘，就已經進入了老情人酒吧。

那時刻，正是老情人要他所有的顧客，留意即將沉沒在水平線之下的火紅夕陽的時候。

一進去，裡面煙霧迷漫，劣酒的酒味，使人如進毒氣室，而且一眼就看到伏在桌上、身上污穢不堪的小納和韓因。蓋雷夫人直向他們走過去，雙手齊出，抓住了他們的頭髮，把他們的頭提起來，大聲道：「老祖母來了，快醒來聽老祖母說話。」

她一面說，一面向她兩個手下一使眼色，那兩個人走了過去，一面手法十分利落地各自夾住了一人，用力向上一提，同時，我看到他們的手中，不知多了一樣什麼東西，在小納和韓因的鼻孔中，一下子就塞了進去。

小納和韓因的身子，像電殛也似震動了，張開口叫了一聲，臉上的神情，十分痛苦，可是同時，卻也自己能豎直頭，睜開眼了。

蓋雷夫人轉過頭來，看到我有疑惑之色，她道：「這是土耳其人的醒酒良方！」

這時，小納和韓因兩人，劇烈地嗆咳，兩個手下夾著他們走出酒吧去，才一出門，就聽到了他們的嘔吐聲。

我和蓋雷夫人跟了出去，看著他們痛苦莫名地吐了二十分鐘之久。

這種場面，老情人多半是看慣了的，所以他十分有經驗地握著兩大杯凍啤酒在門口等著，一等到兩人的嘔吐，告一段落，就過來把酒遞給他們：「一口氣喝下去，包你們立刻可以去捕鯊魚。」

他同時，又向蓋雷夫人眨著眼，風騷地道：「老祖母，要不要我請你喝一杯？」

我心中著實替這個糟老頭子捏了一把汗，他要是知道蓋雷夫人身分的話，這時就該只恨爹娘少生了兩條腿了，蓋雷夫人只是冷冷地道：「不必了。」

我生怕這老傢伙還會說出什麼不得體的話來，忙走過去道：「不必了，我們會處理一切。」

老頭子畢竟也在江湖上混過不少日子，這時也看出我們這伙人有點古怪，所以他沒有再說什麼，只是聳了聳肩，就走了進去。

小納和韓因兩人已喝完了啤酒，大口喘著氣，臉色蒼白如死魚，鬍髭滿面，瞪著眼。小納總算認出了我，向我揮了揮手，可是卻發不出聲。

蓋雷夫人向她手下講了幾句話，那兩個人扶著小納和韓因，向前走去。我和蓋雷夫人跟在後面，心中不禁苦笑，心想一共不過七個人，可是那算是什麼樣的組合呢？

一個美國高級情報人員，和一個法國的海軍軍官，由兩個蘇聯特工扶著走路，後面跟著的，是蘇聯情報大頭子，而在情報大頭子身邊的，又是我這個似乎世上任何怪事都要插上一腳的怪人。

這七個人能聚在一起，大家不用稀奇古怪的武器火併混戰，已經大是不易，令人難以相信，而居然還有同一的目標，那更是不可思議之極了。

走出了十來步，小納才掙扎著，用沙啞的聲音叫了一句：「到我們的地方去。」

蓋雷夫人道：「我沒有意見，只要你那個地方可以使我們的談話，成爲絕對的機密。」

小納挺了挺身子，想說什麼，又沒有說出來，顯然他對於他提議要去的地方，並沒有把握。

美國的情報機構，在錫諾普這樣的小地方，自然不會有分支機構，小納要去的地方，只不過是土耳其官方的所在。蘇聯情報機構，本來也當然不會看中這個小地方的。但五個手下早來了二十小時，自然足夠他們佈置一處機密所在了。

小納沒有再說什麼，韓因是一個相當俊俏的年輕人，在恢復了說話能力之後，一直在說著話：「是眞的？不是我們喝多了酒之後的幻想？」

小納沒有回答他的問題，不住用手抹著臉，神情越來越疲倦。

不一會，走近了一幢屋子，有一個守在屋前的人，迎了上來，一切過程，都可以證明蓋雷夫人的行事，愼密之至。

進了屋子之後，裏面相當簡單，但也相當舒適，小納和韓因先坐下，濃濃的、香味四溢的一大杯黑咖啡，又使他們的精神恢復了不少。

小納苦笑著：「在美、蘇兩國的首領會面之前，我們先見見面，也是好的。」

蓋雷夫人道：「這是巴曼少將的建議？」

小納點了點頭，我道：「先把你們的經歷說一說。」

韓因失聲道：「太可怕了，眞無法相信那是事實。」

小納吸了一口氣，他的神智已完全清醒了：「是事實，至少我們的經歷是事實。」

* * *

當韓因駕著潛艇，在小納的授意之下，盡量接近海中的漩渦，潛艇的動力，發揮到了進入危險信號，總算潛艇的備精良，他們自漩渦的邊緣，退到了安全的地方，可是也就在他們和岸上作了最後一次聯絡之後，變故就發生了。

先是潛艇儀表板上，所有表示警告或危險信號的紅燈，一起亮起。二十多盞代表危險的紅燈，一起閃亮，他們又是在海底，那些紅燈，看來也就像是許多妖魔的眼睛。

韓因和小納兩人，在那一剎間，整個人都爲之僵呆，連血液都彷彿凝結了。

紅燈閃亮，大約只有三秒鐘，又一下子全都熄滅，接下來，是比紅燈閃亮更可怕的情景，潛艇中所有的燈光都沒有了。

向外看去，還是可以看到翻騰的海水，可是在艙中，卻變成了一種透明的黑暗，兩人像是陷入了魔幻的境界，他們不由自主，一起高叫了起來。

韓因一面叫，一面還不斷地按下、撥動儀表板上的按鈕，可是卻一點反應也沒有。直到這時，他們才發現，潛艇的一切動力，全都消失了。

韓因像是瘋了一般叫了起來：「不可能，不可能。」

他一面叫著，一面掙扎著離開駕駛座，看來是想利用緊急逃生口離開潛艇。

小納心中也慌亂莫名，但比韓因鎮定，知道在這樣的情形下，在潛艇中，固然不妙，但如果離開了潛艇，那更是必死無疑。因爲他們所在之處，還在海中無數漩渦的牽引範圍之內，人在水中游泳的力量，想和這種力量對抗，比蜉蝣撼大樹還要無稽。

所以，他一伸手，把韓因按回了座位，問：「發生了什麼事。」

潛艇是韓因駕來的，韓因熟悉這艘潛艇的性能，小納自然要這樣問他，可是這時，韓因卻只是張大了口喘氣，一個字也說不出來。

小納只知道潛艇所有的動力消失，他一點對付的辦法也沒有，必須先令韓因鎮定下來，正當他準備去搖撼韓因的時候，他自己的身子，也急速地幌動起來。

小納感到了一陣暈眩和旋轉，剎那之間，他也變得張大了口，發不出聲音來！他知道發生了什麼事！潛艇在喪失了動力之後，被海中的漩渦所牽引，現在，潛艇正被牽進了巨大的漩渦中！

剛才，韓因說過，潛艇的一萬八千匹馬力，全然不足以和漩渦的力量對抗，何況如今，潛艇已根本沒有了動力！

小納的腦中一片混亂，他只是和韓因兩人，面如死灰地互望，潛艇的移動越來越快，他們可以清楚地感到艇身在漩渦中轉動，他們已進入了一個漩渦，急速轉動的海水，在艇身外擦過，使他們在幻覺上感到猶如聽到了死亡的呼嘯聲！

這一段時間究竟維持了多久，事後無法確記，因爲他們以爲自己一定死定了，誰還會在臨死之前去注意時間？

他們用力握住可以握住的東西，因爲潛艇的旋轉越來越甚。他們在感覺上，只覺轉進了一個漩渦，被轉出去，接著進入了另一個漩渦中。

過了好久（也可能十分短暫），小納喘著氣，尖聲道：「捲進了一個漩渦之後，還能……還能脫出這個漩渦的範圍？」

韓因的聲音更尖利：「不能！」

小納吞了一口口水：「可是我們——」

當他這樣說的時候，非常明顯地，他們可以通過小圓窗，看到潛艇，自一個漩渦之中被捲出來，又被另一個漩渦吸進去。

而也在這時，他們看到了，在一個巨大的漩渦的中心，有四組相當巨大的礁石，而在那一堆礁石之中，穩穩地有一艘中型的潛艇在。

韓因發出了一下呻吟聲，用力揉著自己的眼睛，聲音像是由夢遊者口中發出來的：「一艘俄國核能潛艇！我……我看到的是真的嗎？」

小納也看到了那艘在海底礁石上的潛艇，他對於事情的來龍去脈，知道得比韓因多，所以他一看就知道這就是那一艘潛艇。

這時，他們的小潛艇，正在打著轉，接近大潛艇，幾乎要撞上去時，小潛艇的旋轉停止，穩穩地落向一組礁石上，距離大潛艇，大約只有三十公尺。

也就在這時，小潛艇艙中的燈光，又開始恢復，看來，動力又回來了。

小納心中閃起的第一個念頭，十分怪異。

他想到的是，小潛艇的動力，消失和恢復，全是由大潛艇在操縱！當然，他只是這樣想，並不認爲眞是如此，可是這時，他的處境實在太怪異了，也難怪他會有一些十分怪異的想法。

理智告訴他不可能的道理十分簡單：如果俄國潛艇有這種力量，那是一種無敵的力量，美國方面，不可能一點有關情報都得不到。

小納思緒十分紊亂，韓因忙著在操縱，忽然之間，一個聲音自通訊儀中傳出來，用的是並不流利的法語：「你們現在在所有漩渦之中，最大的一個漩渦的中心部分，只要一切行動聽我指揮，暫時不會有危險。」

小納也已注意到，經過了極洶湧的海水捲旋，這時所在處，海水平靜之極。他自然也明白，漩渦中心特別平靜的原因，和旋風的風眼特別平靜的道理，完全一樣。

韓因的身子震動了一下，喃喃地道：「法國海軍中尉韓因，軍事編號……」

那聲音轟笑了起來：「不必來這一套了，就算你是被俘的，你也是最奇特的一個俘虜，日內瓦公約並不能保護你什麼，潛艇上只有你一個人？」

小納勉力定了定神：「還有我，美國中央情報局，小納爾遜。」

那聲音「嘿嘿」笑了兩下：「的確，地球的任何角落，都有美國中情局的人。」

小納居然有足夠的鎮定還了一句口：「貴國的情形，也是一樣。」

那聲音道：「你們來到，太好了，可以替我傳遞一個信息。本來我以為蘇聯一個國家的力量已經足夠了，現在證明不對，至少需要美蘇聯合，或者還可以加上法國、英國、中國……世界各大國的首腦，應該十分認真地聚會一次，討論我的提議。」

這一番話，聽得小納和韓因兩人，莫名其妙，小納忙問：「你是誰？」

那聲音道：「對，我們應該見見面，光憑對話，你們不會相信什麼，我還有一點東西給你們看。」

兩人這時，都有一種置身幻境中的感覺，恐懼感反倒已經消失了，韓因苦笑

：「見面？我們在兩艘不同的潛艇中，如何見面？」

那聲音沉默了片刻，才道：「你們的緊急出口是在艙頂上——」

小納忙道：「我們不會出來，那無異是叫我們送死，看來海水平靜，但仍然有著人力不能抗拒的力量在。」

那聲音笑了兩下，隨著他的笑聲，小納和韓因，看到有一根直徑五十公分的管子，自俄國潛艇的一部分，伸延出來，管子由一環套著一環的金屬環組成，可以自由曲折，管子一直伸到了小潛艇的上面，轉而向下，兩人感到稍為有一下震動。接著，那聲音道：「打開艙蓋，你們可以通過管子，爬行到我的潛艇。」

小納和韓因互望了一眼，心中充滿了疑惑，可是在這樣的情形之下，除了照吩咐去做之外，又怎能有別的選擇？

韓因猶豫了一下，扳下了一個紅色的槓桿，艙頂的緊急出口，移向一旁，那管子和艙頂吻合得十分緊密，一滴水也侵不進來。

小納吸了一口氣，站了起來，扳住了出口的邊，身子向上聳，人已往進入了管子，向上攀了一步，就在打橫伸展的管子中，向前爬出去。

韓因跟在他的後面。

不一會，他就看到了光亮，到了管子另一端的出口處，出了管子一看，是一間十分小的艙房，看來像是潛艇中的隔水艙。

韓因也出了管子，那聲音又傳了過來：「打開艙門。」

小納走向一扇圓形的艙門，旋轉著巨大的門柄，把門打開，外面是一條狹窄的走廊——所有潛艇的空間都十分寶貴，連核能潛艇也不能例外，走廊相當長，他們都看到，在走廊的盡頭，站著一個身形魁梧，自有一股凜然的威風，氣概不凡的將軍，穿著整齊的蘇聯海軍將軍制服。

兩人不由自主吸一口氣，向前走去，他們不能並肩走，必須一前一後，這時，小納在前。那將軍開始說話：「你們潛艇的動力忽然消失，和通過一個個漩渦間的轉移，把你們移到整個魔鬼暗礁海域的中心部分，全是我通過一組儀器所完成的。」

將軍的聲音並不是太響，可是聽在兩人的耳中，卻有轟然之感，那自然是由於他所說的話，實在太令人吃驚的緣故。

走在後面的韓因，用一種異樣聲音問：「你……來自哪一個星球？」

那個將軍笑了起來：「當然，先要自我介紹：蘇聯黑海艦隊導彈司令，巴曼少將。」

小納發出了一下呻吟聲，可是他畢竟見過世面，立時道：「久仰，由於眞理報上刊出了你的訃聞，我們還曾研究過你的死因。你那兩位同僚呢？」

這時，他們已來到了巴曼少將身前，少將現出了不屑的笑容：「我的訃告竟和他們並列？這可以說是一種侮辱，他們死了。」

小納心中的疑惑，至於極點，但是他並不心急，他知道，少將肯和他們見面，所有的疑團，自然也很快都可以解得開。

巴曼少將講到這裡，忽然笑了起來，笑聲聽來十分驚人：「他們想不顧一切殺我，所以我先下手爲强。」

小納深深吸了一口氣：「那你還能自稱是蘇聯海軍的將軍嗎？」

少將用力揮了一下手：「說得好，你這人有點意思，來，進去，我們詳細說。」

他側身讓了一讓，先讓小納和韓因進了一扇門，接著，他也跟了進去。

在潛艇的艙房而言，那可以算是相當寬敞的一間，在艙房的正中，甚至有著一張至少有三公尺長的長方桌，桌上是模型，一望而知，是黑海的地形圖，但只包括了黑海的西半部，幾個通向地中海的海峽，全在模型之中，小納看了看桌子一角的比例，是五十萬比一，不能算是十分詳盡，用來作具體的作戰可能不夠，但作為調動艦隻之用，倒也夠了。

巴曼少將來到桌前，雙手撐在桌上，目光炯炯，盯住了兩人，神情十分莊肅：「兩位，你們即將聽到的事，在人類歷史上從來也未曾發生過，甚至從來也未曾有人想像過。所以你們可以不相信，也可以在我說完之後提出疑問，但是決不能用輕佻的態度否定。否則，我會採用簡單而嚴厲的手段，對付你們。」

小納和韓因兩人互望了一眼，當時沒有說什麼。

（事後，他們回想起當時的情形，都一致認為，巴曼少將有一種狂熱，而且，他們也都想起來，當年德國納粹元首希特勒，在他的演說時，幾乎從頭到尾都充滿了這種神態。）

於是，巴曼少將就開始講述他的計劃，一面指著模型，說得十分詳細。

小納和韓因兩人聽了一小半，就至少交換了十次以上的眼色。如果不是這時，他們自己知道處境不是很妙，不敢得罪巴曼少將的話，早就忍不住捧腹大笑了。

巴曼講了至少一小時，才停了下來，望定了兩人，小納忍笑忍得十分辛苦，所以忍不住道：「你的計劃眞可以算是偉大，但如果能把整個阿拉伯半島和西班牙，也從地球上弄掉，那麼，貴國的海道，就可以更暢通了。」

巴曼居然沒有聽出小納在諷刺他，皺著眉，十分認眞地考慮起小納的話。這種情形，帶著一種難以形容的詭異，使小納和韓因感到悚然，不敢笑出來。

過了一會，巴曼才認眞地道：「或許，在將來，現在不行，牽涉太大。」

小納沒有來由地吁了一口氣，彷佛巴曼眞有能力這樣做似的，然後，他提出了一個必然會提出的問題：「你動用了强烈到什麼程度的核裝置？」

巴曼揮了一下手：「等於各大國所有核武器能力總和的十倍。」

小納盡量使自己的語氣變得溫和：「那麼，將軍，請問你是從何處得到這麼巨大的核能？」

巴曼笑了一下：「我不會回答你的這個問題——你也不必懷疑是不是眞有核爆

裝置在海底，蘇聯的頂尖專家已經證明它們的存在，你在離開之後，一定可以在蘇聯政府那裡知道實情。」

韓因一直沒有說話，直到這時才道：「我們可以離開？我們能夠離開？」

少將道：「當然。」他指著小納：「我要你向貴國總統傳言。由於蘇聯政府對這件事的處理極度不當，所以可能釀成巨大的災禍，我提議，由美國方面，派一批專家深入海底去了解一下核爆裝置的情形，由美蘇兩國或世界各國政府，共同商量，接納我的計劃，立刻開始，進行大疏散。」

小納這時，真說不上自己是什麼心情，如果有可能，他想用盡所有的髒話，把這個神情嚴肅、十分認真地在玩他的遊戲的將軍，痛罵一頓。

可是，他又隱隱感到事態的嚴重。他只好用十分苦澀的聲音道：「一年？這是什麼樣的疏散，十年也完成不了。」

巴曼少將臉色鐵青：「一切全是計劃好了的，一點都不能改變，進不進行，不關我的事，我是早已把一切全都說明了的。」

小納心中咕噥了一句罵少將的話，不過沒有罵出口來，他道：「請問那個潛水員和一位土耳其的情報人員加丹的下落，能否見告？」

巴曼道：「潛水員在我離開暗礁水域時見到了我的潛艇，一有機會，自然把他殺了。至於那個加丹，本來我想通過他向美國政府傳言的，可是他竟然膽敢罵我是他所知道的最瘋的瘋子，我也把他殺了。」

小納不由自主，震動了一下，背上有一股冷汗冒出來，因爲他剛才在心中咕嚷著而沒有說出來的那句話，根本和加丹罵巴曼的話一模一樣。

他只好苦笑著，巴曼又用力在桌上擊了一下：「必須相信我所說的一切，世界各國政府的首領，必須相信我所說的一切。」

小納只好道：「如果眞有事實支持的話，我想，他們會相信。」

巴曼悶哼了一聲：「莫斯科克里姆林宮中的那批笨蛋，他們就膽敢不信。」

小納和韓因一起吞了一口口水，巴曼又道：「你只要對那批笨蛋透露說見過我，他們一定會把最高機密告訴你。」

小納感到喉乾舌燥，他和韓因都感到壓力和負擔重得使他們連氣都喘不過來——這就是他們又回到錫諾普，和我通了一個電話之後，就一直用酒精麻醉自己，以求減輕精神壓力的原因。

＊　＊　＊

小納和韓因說完了他們的經歷，蓋雷夫人的眼睛睁得老大：「他竟有能力使一萬八千匹馬力的動力，完全消失？」

韓因道：「是的，出來的時候，又曾有相當時間，我的潛艇，沒有任何動力。」

我吸了一口氣：「如果這種能力，沒有距離的限制，那麼他就破壞任何……東西。」

一時之間，所有的人都靜了下來。小納道：「我必須把這種緊急情形，通知總統。」

蓋雷夫人點頭：「我同意，你可以把我們所有的調查結果，全部帶去，作爲參攷。」

我陡然衝動起來：「那又怎樣？難道眞照他的說法，進行疏散，由得他來引爆？這簡直滑稽之極。」

蓋雷夫人和小納一起向我望來，他們並沒有說話，只是一副「你另外有什麼好建議」的神氣。

我道：「我根本不相信他的話，這是一個瘋子的把戲，他不知道弄了一點什麼玄虛，使你們的儀器上當，以爲眞有巨大的核爆裝置在。」

蓋雷夫人沉著臉：「這是我聽到過的話中，最不負責任的說法。」

我氣向上衝：「接受一個瘋子的訛詐，才最無稽。」我轉向韓因：「借你的潛艇一用。」然後我又轉向蓋雷夫人：「你用直昇機在魔鬼暗礁上空盤旋，引他和你通話，你告訴他，我要和他見面。」

蓋雷夫人望著我：「和他去分享死人肉？」

我厲聲道：「我要使這個瘋子，知道他自己的確是一個瘋子。」

蓋雷夫人閉上眼睛一會，才道：「是不是要和尊夫人先商量一下？」

我負氣道：「不必，我一向有絕對的個人行動自由。」

十一、巴曼少將的解釋

小納用十分憂慮的眼光望著我，我拍著他的肩頭：「放心，我應付過比這個惡劣千百倍的事。」

蓋雷夫人道：「或許是，但如果失敗了，一定不會有這次事件那麼嚴重的結果。」

我笑了起來：「巴曼少將說得再明白也沒有，一切都必須照他的計劃進行，而他的計劃如果全是眞的，我看結果是地球的毀滅，不會有什麼樂觀的後果出現，所以，不論我是成功還是失敗，結果一樣。」

這一次，蓋雷夫人沒有再駁我，只是長嘆了一聲：「能夠使一切動力消失的能力，十分重要。」

我恰好也想到了這一個問題，但還不如她那樣有肯定的概念，所以一聽得她這樣說，忙道：「是，如果有這種能力，即使巴曼的計劃是眞的，也可以制止。」

蓋雷夫人再嘆了一聲：「衞先生，他的計劃是眞的。」

我沒有再和她爭辯下去，只是道：「請作安排，我得先去熟悉一下韓因中尉的潛艇。」

韓因帶著疑惑不定的神色望向小納，小納道：「要不要我也同去？」

我想了一想，小納在各方面都是一個好幫手，但是對付巴曼，不是人多就可以解決的，不必再拉他去冒險了，所以我搖了搖頭。

小納這才對韓因道：「把你的潛艇交給他，不會有比他更適合的人。」

韓因仍然面有疑色，但總算大聲答應著，接著，我們又決定了一些細節問題，例如無線電通訊的頻率等等。

然後，韓因和我一起進入了他的潛艇，那的確是一艘性能極佳的潛艇，操作也不是十分困難，二十分鐘後，韓因臉上疑惑的神情已經消失，代之以十分驚訝的神氣：「駕駛這種潛艇，法國海軍訂下的訓練過程是三個月，而閣下——」

我笑了一下：「這或許是我不能加入法國海軍的原因。」

韓因臉紅，我再問了他幾個主要的問題，他就告辭離去。我駕著潛艇，在離岸之後不多久，就潛進了水中，保持著兩百公尺的深度，向魔鬼暗礁進發。

我曾在空中，領教過那一帶海域的可怕，而等到接近暗礁時，才知道在海中看去，千百個漩渦，簡直是天翻地覆的混沌一片，景象之駭人，除了天地混沌這種感覺之外，簡直無法用別的感覺來形容。

通訊儀一直開著，我先繞著最外圍的漩渦行駛，減慢了速度，我想，蓋雷夫人的直昇機，應該早已在我的頭上盤旋了，她無法和巴曼聯絡，但巴曼一定又會憤怒地要她離開。

果然，沒有等了多久，就聽到了巴曼和蓋雷夫人的對話聲，先是巴曼厲聲要直昇機離開，接著是蓋雷夫人的聲音：「巴曼少將，有一位先生一定要見你。」

巴曼的聲音十分嘲弄：「誰？是克里姆林宮中坐第一把交椅的那個？還是白宮那張大寫字檯後面的那個？」

蓋雷夫人道：「你根本全然不知道他是誰，但是我提議你見他一下，可能對你的計劃，大有好處。」

巴曼悶哼一聲：「給你十秒鐘的時間離開。」

蓋雷夫人仍在堅持著：「這個人的名字是衞斯理，他的一生充滿了傳奇——」

我聽得她在介紹我，心中不禁暗嘆了一聲，那有什麼用？一定要用別的方法，使巴曼肯見我才行，我正想出聲，巴曼少將已經大聲在問：「什麼，你再把這個人的名字說一遍？」蓋雷夫人重複了我的名字，補充了一句：「他是中國人，你知道他？」

巴曼少將的話，令我聽來奇怪之極：「自從我在海底遇到那件怪事之後，就有人告訴我，只有這個衞斯理才能幫助我。他在哪裡？」

我不知道他說的「海底遇到的怪事」是什麼意思，但是他早知道有衞斯理其人，那絕無疑問，所以我立時道：「我在一艘潛艇中，就在暗礁外，我想你一定可以輕而易舉查到我的位置，帶我和你會面。」

巴曼發出了兩下「哦哦」的聲音，停了半分鐘左右，就道：「只是你一個人？」

我回答著，突然之間，小納曾敘述過的情形重現，所有紅燈一起閃亮，立即熄滅，潛艇的動力，完全消失，而且，迅速地被捲進了漩渦中。

這一切經過，雖然我聽過小納的詳細敘述，但是聽人講和自己的親身經歷，自然大不相同，不過也不必再重覆了，因爲讀者諸君，都是聽敍述，無法親歷的。

這時，我想的是：何以巴曼會有能力使潛艇的動力消失？而且，他又在施展一種什麼强大的能力，使潛艇在被漩渦捲進去之後又脫出來，最後到達最大的漩渦的中心部分。

當然，這兩個問題，比起他的計劃來，小之又小，但本質卻一樣，他掌握了一種巨大的、不可測的力量，而這種力量，完全是地球上不存在的。

所以，我絕不排除他是某一類外星人的代理人，或者他本身就是外星人的可能性。

接著我看到了他的潛艇，一切過程，和小納他們遇到的一樣，在那根管子中爬行，不是十分有趣，等到我和巴曼見面時，他用一種十分銳利的目光打量，然後問：「一切全是眞的？」

我知道他這句話的意思，是問我的那些離奇遭遇是不是全是眞的。一般來說，如果有人這樣問我，爲了避免對方再發出一連串的問題，我會十分乾脆地回答：「全是假的。」

但這時，我卻沒有用這個「標準回答」，只是笑了一下：「這正是我想問你的話。」

巴曼沒有立即回答，神情顯得有點沉鬱，他讓我進了他的艙房，雙手撐在那張有黑海模型的大桌上：「很令我失望，連你也有懷疑。」

我攤了攤手：「我想不出你有什麼理由要那麼做。如果說那是一場遊戲，這遊戲一點也不好玩。」

巴曼緊蹙著雙眉，昂起了頭：「地球上的土地分配，太不合理，非洲那麼一大片陸地，由黑人佔住著，而我們的國家，連一個像樣的海口都沒有——」

我不等他講完，就打斷了他的話頭：「我認爲這些全是廢話，這是人類歷史自然形成的，誰也不能將之改變。」

巴曼少將直視著我，忽然之間，大聲縱笑了起來：「你錯了，第一錯，這一切不是自然形成的。第二，是可以改變的。」

我一時之間，不明白他這樣說是什麼意思，只好也凝視著他。

他又道：「據說，你可以接受一切怪誕的、不可思議的事。」

我道：「但如果你堅持不肯說出你的核能的來源，我也就不那麼容易相信一年之後，土耳其的土地，會消失一半。」

巴曼作了一個不屑的神情：「還有比這個更不可接受的，你能相信地球上的陸地，本來是一整片的嗎？」

他忽然要和我討論起這樣的問題來，這實在使我愕然不止。有一派地質學家，提出了「地殼漂移」學說，主要就是說，地球上的陸地，本來是一大片的，後來，由於地殼的變動，才分裂了，經歷了不知多少年，才是現在這樣子，而漂移並沒有停止，還在繼續進行。

現在地球的大片陸地，邊緣部分，都有十分吻合的形狀，例如南美洲的東部，可以嵌進非洲的西部，就是一例。

而且，每年喜馬拉雅山還在作微量的增高，證明印度次大陸，仍在向北移動，而在喜馬拉雅山的山峯上，發現的大量海洋生物的化石，更可以證明高峯原來是海底，只是被大陸漂移的力量所硬擠出來的。

這種學說，得到普遍的承認，可是我絕想不出這時巴曼少將和我提出來討論的理由。

我道：「自然可以相信，不過這和我們如今要討論的事情，好像沒有關係。」

少將的神情，一直十分嚴肅，這時卻露出了一絲狡黠：「你能不能相信，這是一次巨大無比的核爆所造成的亂七八糟的結果？」

我望定了他，不出聲，他又道：「原來的計劃，是要把一整片陸地，分開來，成爲整整齊齊的七片，可是結果，卻變成了支離破碎，亂七八糟，或許是由於計算上的錯誤，才會這樣，要整體來改過，是不可能的事，但小作修改，還是可以的。」

他說得十分正經，可是我卻聽得騰雲駕霧，實實在在，無法明白他在說些什麼。

大約是我的神情太過迷惘了，所以他問道：「你不懂我在說些什麼？」

我反問：「你懂嗎，你自己懂嗎？」

巴曼用力點頭：「我當然懂。」

我勉强笑了一下：「那麼，請用我可以聽得懂的話使我懂，別像剛才那樣，說些如同夢囈一樣的話。」他的神情有點惱怒：「我說得還不夠明白嗎？若干年之前——這『若干年』，可能是幾億年，幾百億，幾千億之前——地球上的陸地是整整一片的。」

我點了點頭，這是一種假設，當然可以接受。

他用力一揮手：「後來，有人想把一整片陸地，化為七片。」

我發出「嘿嘿」兩下笑聲：「有人？什麼人？一大片陸地有什麼不好，為什麼要化成七片？」

巴曼少將伸手指向我：「不知道是什麼人，也不知道他們為什麼要分開來，聽說你很相信高級外星生物的存在，嗯？」

我有點不耐煩：「為什麼又把問題岔了開去？不過也不要緊，是的，我相信，我甚至於估計，你的核能裝置，是外星人給你的。」

巴曼面上的肌肉，忽然抽動了幾下。

（天，難道我真的猜中了？）

他又相當詭異地笑了一下：「譬如說，某些外星生物，早在若干年前，發現了地球，那時候，地球上的陸地是一整片，是不是有生物，不得而知，他們就想把地球佔爲己有，於是就要把一整片陸地瓜分，如果是七種不同的外星人，那麼，將之分成七片，這是很自然的事。」

我發出了「哈哈」兩下笑聲：「對，自然之極，就像七個小孩發現了一大塊糖，自然要將之分成七份，每人各拿一份，哈哈。」

巴曼被我笑得有點發怒，沉默了好一會：「對，就是這樣子。」

他的神態是如此嚴肅，我倒也不便再譏笑他：「結果沒有分好？」

巴曼道：「是，成了亂七八糟的一團，我想那些人，對一團糟的地球，不再感到興趣，就離開了。」

我吸了一口氣：「很好的幻想小說題材，如果你有志寫作，我提議還可以把新約全書的最後一章『啟示錄』中的一些話加進去，啟示錄中，一再提及『七』這個數字，而且細細看來，也有宇宙大戰的影子。例如七個金燈台，神的七靈和七星，羔羊揭開的是七印，對了，揭開第六印的時候，有大地震和日頭變黑，星辰落的壯觀場面，和你描述的巨大無比的核爆，倒有幾分相似。」

我一口氣地說著，以爲巴曼又要發怒了，誰知道他並不生氣，反倒連連點頭：「是，我也聯想過。七位天使吹動號角，各種各樣的巨災發生，這說明何以要把一片化爲七片，留下了如今不規則的七大洲，一定是有七類不同的外星人要瓜分地球。」

我實在沒有什麼好說的了，他也像是陷入了沉思中，過了好一會，他才道：「我這樣說，是有根據的，如果我不是有移山倒海的能量，我怎會有那麼偉大的設想？」

我仍然不出聲，讓他自己講下去，我不管他是瘋狂還是正常，我知道他一定十分寂寞，根本沒有人聽他的話，這種寂寞，在心理上相當難以承受，他如果認爲我有資格聽他的話而又肯聽，他一定會把所有一切，全都向我說出來。

果然，他只是略頓了一頓，就又道：「一切開始在十年之前——」

我心中想：來也來也。

自然，要他繼續講下去，得裝出十分有興趣聽和專注的神情。

他重覆了一句：「一切發生在十年之前的一次巡邏任務中——」

十二、十年前的奇遇

十年之前，巴曼少將只是巴曼中校，服役單位不變，是黑海艦隊，他的職位，是一艘中型潛艇的指揮官。他提及的那次，是一次再也平常不過的例行任務，作為潛艇的指揮官，他甚至沒有什麼事可做，他只是攤開黑海的地圖，凝視著——這是他在一加入海軍之後就有的嗜好，研究黑海地圖，自然，發展到了今天，他要改造黑海的地形，也是由來已久的設想。

不過，設想是一回事，有能力實現設想，又是一回事，沒有能力實現，一切的設想，全是空想，不會在實際上構成任何威脅。

那天，巴曼沉醉在地圖上，他感到自己不但是一艘潛艇的主宰，而且可以膨脹到成為整個黑海的主宰，他突然接到了報告：「左前方發現神秘的信號。」

巴曼走出了自己的艙房，來到了指揮艙，神秘訊號在精密的接收儀上，不但發出聲音，而且還可以在螢光屏上看到它的光波形狀，那是連續不斷的「滴滴」聲。

和通訊儀有聯絡的電腦，已經開始從事分析訊號的性質，如果是電腦可以解得開的密碼，立刻就可以有答案。

這時，潛艇的深度是一千兩百公尺，探測儀已測到訊號自同樣的深度發出，而負責通訊的官員已經查明，在同樣的深度，絕沒有本國的潛艇在。

巴曼先下令作全面戒備，潛艇中的氣氛，登時緊張，神秘訊號還在持續著，電腦的螢光屏上，卻是一片空白，未能將信號翻譯出來。

五分鐘後，訊號發射的距離，也已經探明，距離潛艇，只有七百公尺。

探測裝置對準了訊號發出的方向，根據訊號發出的距離，自動調節著探測儀的焦距，和探測儀聯絡的螢光屏上，可以看到一大堆巨大凌亂的礁石，海帶類的植物，長得十分茂盛高大，有的甚至超過三公尺，隨著海流在緩緩飄蕩，看起來神秘而陰森，是海底的一個原始森林。

由於距離還相當遠，所以，雖然盡可能地把焦距調整，看到的，還是只是礁石，看不出別的什麼，巴曼還沒有再採取進一步的行動，訊號突然消失了，從開始到消失，恰好是十分鐘。

全艇官兵，都在等著指揮官的決定，巴曼在緊張的氣氛中，攷慮了十分鐘，才有了第一個決定，派兩個人，潛水前往偵察。

這是一個相當冒險的決定，但是在未曾弄清敵情——假設是敵人，如果貿然進攻，那自然更加危險。所以，巴曼的決定是合理的。

他挑選了兩個勇敢的低級軍官（這兩個軍官在後來的十年之中，成爲他的計劃的最忠實的支持者）去擔任這個任務。經過了潛艇的隔水艙，兩個軍官配備了足夠的探測儀和通訊設備，向那堆礁石進發。

裝置在他們頭罩上的電視攝像管，可以淸楚地把他們經過之處的情景傳回來，他們來到礁石前，進入茂密的海帶叢，由於剛才儀器對訊號的探測，有了詳盡的記錄，所以正確的地點，十分容易尋找，兩個軍官在海帶叢中前進了不到一百公尺，在潛艇的螢光屏上，就可以看到他們發現的東西。

那是一根圓柱，高約三公尺，直徑約有五十公分，固定在一塊較爲平坦的礁石之上，圓柱的上端，有著一蜂巢形的裝置，在近腳處的礁石平面上，有著許多刻痕。

巴曼作爲一個久在潛艇上服役的軍人，對於海底的一切知識，豐富之極，可是他卻從來沒有看到過這樣的裝置。

他不由自主叫了起來：「天，這是什麼？」

兩個軍官已經接近了圓柱，並且伸手在撫摸著它，其中一個道：「不知道是什麼，看來是一種裝置，如果剛才訊號是由它發出來的，那麼，它可能是一個發射訊號的裝置。」

巴曼有點憤怒：「是哪一個部門弄了這樣一個裝置在海底，又不通知我們？」

那兩個軍官繞著圓柱移動，把圓柱的全貌，全都在螢光屏上展示出來，他們發表著意見：「恐怕不是我國的東西，上面有沒有我國裝置應有的標誌。也沒有其他國家的標誌……在礁石上，好像刻了一些什麼——」

那軍官說著，提起了他攜帶的武器，那是深海中的新式武器，就利用海水——把海水吸進去再强勁地噴出來，噴出來的水，十分急而有力。他把激射的水箭，射向礁石上的那些刻痕。礁石上本來附生著不少海洋物，在强勁的水箭衝擊下，紛紛被清除，使原來模糊的刻痕，變得清晰。

一看清楚了那些刻痕，巴曼就呆住了，那些刻痕，刻得又細又深，看來來十分有規律，顯然是一種文字。可是巴曼卻一個字也看不懂。一個軍官自言自語：「看來，這些符號，像是記載著一些什麼。」

巴曼問：「看看是不是能把圓柱弄下來。」

兩個軍官用力搖撼著那圓柱，又把强力的水箭，射向圓柱和礁石的連結部分，可是那圓柱就像是深植在礁石中一樣，一動也不動，而其勢又不能連礁石一起弄起來。

忙碌了將近半小時而沒有結果，巴曼下令，要那兩個軍官回來。

他的助手，副指揮官在這時提醒巴曼：「是不是要立即報告上去。」

本來，巴曼應該接納副司令官的提議，可是這時，巴曼卻立時道：「不。」

面對著神情驚訝的副指揮官，他立時有了解釋：「這裝置十分隱蔽，或許是最高當局的一項機密行動。無意間被我們發現，報告上去，會使機密擴散，我們只當沒有這件事，把一切記錄全銷毀，以後，誰也不准提起。」

他的理由雖然相當牽强，但他是指揮官，自然一切照他的命令行事。

那兩個軍官回到了潛艇，潛艇照常進行例行任務，一切記錄全被銷毀，就當完全沒有發生過這件事。

但當然不是眞的任何人都當沒有這件事發生過，巴曼就保留了當時螢光屏顯示出來的那組刻痕的照片，這次任務結束，他拿了這組刻痕的照片，到了莫斯科大學，找到了一個文字學專家，出示給專家看。

專家一看就道：「嗯，這是一組文字，而且是進步的文字，看，它們的線條簡單多變，一個符號可以代表許多意思，這是進步文字的特徵——」

巴曼打斷了專家的長篇大論，直截地問：「你能讀得通它們？」

專家道：「讓我來研究一下，這究竟是什麼？海軍最新的密碼？」

巴曼笑了一下：「不是，是外星人留下來的信息。」

專家也笑了起來，約定巴曼一個月之後再來。

巴曼當時對專家所說的話，自然是開玩笑，可是他連自己也不知道爲什麼會那樣說，他一看到了那組刻痕，就有一種極度的神秘感，要把發現圓柱一事，保守秘密，也有一種難以解釋的原因。

* * *

當巴曼說到這裡的時候，我不客氣地嗤之以鼻：「你竟然有這樣的靈感？看到了一組不懂的符號，就聯想到了外星生物？」

巴曼的神情很沉著：「不是靈感，而是平時就有豐富想像力，並且留意一切有關這一方面事情的結果——我不是最近才知道你是誰，知道你很久了。而且，我相信，你一看到這組符號，也立時會和我有同樣的感覺，這是我們這一種人共有的直覺。」

我咕嚕了一句：「我和你不是同一類型人，我神經正常得很。」

巴曼未曾聽清楚我的咕嚕，直視著我：「你當然應該看一看那組符號。」

他這樣一說，我精神爲之一振，巴曼拉開了大桌子下的一個抽屜。

他取出了一幅相當大的相片來，面積在一平方公尺以上，呈長方形。

照片上是十分清晰的許多字，或者說是符號，橫排，一共有超過二十行。照片經過特別處理，白底黑字，看來十分清晰。

那些字，我一個也看不懂，但倒也一看就可以肯定，那是一種文字，它們的形狀不一，每一個字都由不同的幾何圖形形成，相同的「字」，一眼也可以找出好幾個來，那一定是常用字了。

而吸引了我視線的，倒還不是那些文字——那些文字反正看不懂，沒有什麼值得研究之處。而是文字有一個框圍著，框約有十公分寬，圍成一圈，在那個框中，全是圖形，有的圖形莫名其妙，但有的圖形，一望而知。例如一個球體，外面繞著一個環，任何人一看，就可以知道那是太陽系的行星之一：土星。

由於土星有這樣突出的特徵，一眼就可以認出來，那麼，其他幾個行星和太陽，也不難認出來了，圖形的大小並不按比例，但是還是可以認得出來。

在框邊的最上方，是七個星體，那七個星體的形狀，大都是不規則的球形，在每一個球體上，都有一個不同的符號。

看起來，那些符號，就像是標明了這七個星體的名稱，左方的框邊是太陽和另外十二顆星體，土星在其中。

（太陽系九大行星，人人皆知，何以有十二個星體？是不是在冥王星之外，另外還有三個屬於太陽系的行星，還沒有被發現？還是本來有十二個行星，有三個已經毀滅了？）

右邊的框邊上，是七股像箭一樣射出來的線條，這些線條，有的呈曲線前進，有的呈折線前進，但最後，集中在一個星體上，七股線條的起源，則是框邊上面的七個星體，每個星體，射出一股線條來。

七股線條集中的那個星體，呈圓形，特別大些，上面有著陰影，是在球體中心的，寬約為球體直徑三分之一的一道橫帶。在橫帶上，有著橫列的九個符號。

在那些線條中間，有著不同形狀的小符號，有的長條形，有的橢圓形，有的錐形。

我足足看了三分鐘之久，思緒紊亂之極，巴曼道：「怎麼樣，這是不是給你十分奇妙的聯想？」

我由衷地道：「是，那些球體，看來全是星體，七個不同的星體，目標是一個星體，那些線條是航線？線條上的圖形，是他們使用的交通工具的外形？」

巴曼現出十分欽佩的神情來：「你一下子就有了這樣的聯想？我在至少一年之後，才想到了這一點，唉，其實我早該和你聯絡。」

他忽然之間，對我表示了這樣的好感，倒令我有點奇怪，我指著那個線條集中的星體：「這個星體是——」

巴曼吸了一口氣，用十分肯定的語氣：「地球，我們的地球。」

我道：「不對啊，如果上面的陰影，是表示地球上陸地的地形——」

可是我只說了一半，就陡然住了口。

巴曼剛才已經說過，地球上的陸地，本來是一整片的，只是在不知多少年之前，被某種人為的力量，弄得變成了如今這種亂七八糟的樣子。

我沒有再說下去，只是直視著他，他也望著我：「現在，你明白了？」

我感到有點唇乾舌燥：「似乎……不能憑這些簡單的圖案，說明一個那麼複雜的問題。那些文字，一定有更詳細的說明，那文字專家怎麼說？」

巴曼先不回答我的問題，只是道：「現在你明白我一看之下，在感覺上就進入了極度神秘領域的原因了？」

我道：「是，完全明白，如果我是你，我也會將之保守秘密，而且，我一定還會在秘密的情形之下，進行探索的行動。」

巴曼高興莫名，像是他一輩子未曾聽過再合心意的話一樣，轉身過去，打開一個櫃子，取出一瓶「伏特加」來，「拍」地一聲，在桌邊將瓶頸敲斷，對著瓶口喝了一大口，將瓶子遞了給我。

我對於俄國人的這種喝酒法，不是很喜歡，但是在這樣的情形下，我也正需要有一點酒精混入血液之中，所以，我立時接過瓶子來，也喝了一大口。

我們各喝了三大口，他才抹著唇邊的酒：「正是，我就是那樣，去請教文字專家，只是第一步，同時，我已經聯絡好了幾個我絕對可以信任的人——如今他們都被軍方扣留了，不知命運如何——準備去進行進一步的探索。」

* * *

巴曼在一個月之後，又去會見文字專家時，心情相當緊張，文字專家一看到他，就搖了搖頭：「我無法解得開這些密碼，只能假定，其中有幾個簡單的符號，代表著數字，你看，一共恰好有十個這樣簡單的符號，其中有幾個反覆出現過，有的排列在一起，這是數字在文字中的特徵，可是我也無法把它們從零到九排列起來。」

文字專家究竟只是文字專家，他只注意文字，竟沒有注意邊上的圖形。

巴曼當時，自然十分失望，他仔細留意專家指出可能是代表數字的那些符號，牢記在心，他知道，要解開謎團，即使是只認識一些數字，也會有用處。

巴曼指著那些可能代表數字的符號給我看，我也早已開始留意，其中有一個，出現的次數最多，形狀是一個三十度的銳角，角尖在下，看來像是英文字母的「V」字。我道：「這個數字，假定是『七』？」

巴曼一聽，像孩子一樣，「哇」地一聲，叫了起來，又喝了一大口酒，酒氣令得他看來更是興奮，他來回走了幾步：「我簡直不應該對你隱瞞什麼，我……你能成爲我最好的同志——」

我想說「我可不會和你合力去把黑海炸出一個缺口來。」，但是我的話還未說出口，他已經一揮手，叫了起來：「我一定要帶你去看看那地方。」

我心中一動：「什麼地方？」

巴曼道：「說不明白，我帶你去看，這是我最大的秘密，現在與你分享。」

我想了一想：「可是這並不代表我和你之間會成爲同志。」

他用力拍著我的肩，極具自信心地「哈哈」笑著：「看了再說，同志，看了再說。」

他簡直已經用「同志」來稱呼我了，我也不和他爭辯，我的目的，是要他放棄他瘋狂的計劃，自然和他的關係越接近越好。

他揮著手，帶著我離開了這個艙房，進入了駕駛艙，熟練地按下了許多掣鈕，我感到潛艇輕輕地在震動，不禁嚇了一跳：「你要離開這裡？」

他道：「自然，不然如何到那地方去。」

我悶哼一聲：「不怕遇到貴國的艦隊？」

巴曼笑：「全世界的艦隊也對付不了我，這艘潛艇是經過改良的。」

我問：「是你自己的創作？」

巴曼搖頭：「不是，是他們留下來的圖樣。」

我不禁倒抽了一口涼氣：「他們?你的意思是，七個星體來的人？」

巴曼道：「大概是吧，我還有很多不明白的地方，這是我必須要你去看一看的原因。」

我沉默了片刻，提出了一個要他通知蓋雷夫人我一切安全的通訊，他按下了幾個掣鈕：「你可以自己說。」

我立時聽到了蓋雷夫人的聲音：「衞，你怎麼了？」

我道：「比我想像還要好，巴曼和我正在前赴某目的地，請別採取任何跟踪攻擊等行動。」

蓋雷夫人立時答應，這時，艇身在一下劇烈的震動之後，十分明顯在十分快速的前進，我關上了通訊掣，巴曼道：「航程要三小時左右，我再向你說說我已經知道了的一些事。」

我道：「當然，請說。」

巴曼在文字專家那裡，沒有得到什麼大的幫助，但是他私人部署，卻頗有進展。

他和那兩個軍官，重回那圓柱處，利用了許多儀器，對那圓柱物體，進行研究，首先令他吃驚的是，圓柱一直在發射著十分强烈的無綫電波，那種電波的頻率，在普通通訊儀接收的範圍之外，而且在不斷地變換。這使巴曼想到，上次收到神秘訊號，可能是在電波不斷變換之中，偶然發出了頻率適合接收的無線電波，所以才發現了這個圓柱！

圓柱不斷發射無線電波的目的是什麼呢！是不是爲了吸引人，使人發現它？

而更驚人的發現是，聲納探測發現，在圓柱所站立的礁石下，有强烈的金屬反應！自然，海底如果蘊藏有大量的金屬礦床，也有這樣的可能，可是那時巴曼決不這樣想，他和那兩個軍官，先是仔細研究著那堆礁石，發現圓柱所在處的平面，是人工形成的，而圓柱對磁性，又有異常的反應，在强烈的電磁衝擊之下，圓柱竟然會緩緩地旋轉——自然，在這以前，他們三個人在海底，已對那圓柱進行了許多種不同的測試，不是一下子就試到圓柱對電磁波有反應的。

他們不知道圓柱的緩緩轉動是什麼意思，一切是那麼不可測，他們的心情，又緊張又惶惑，在圓柱開始轉動的兩三分鐘之後，在他們左側的海水，突然湧起了極强的暗流，暗流令得茂密的海帶紛紛斷折，四面飄散，他們三人緊抱住了圓柱，才不致被急速的海流冲開去，這時，海水由於急速的流動，變得十分混濁，令得他們什麼也看不見。

巴曼在那一刹間，眞以爲自己的行動，觸怒了海神，要葬身海底了！

幸而，沒有多久，海面又漸漸恢復了平靜，而且回復了澄清，他們三個人定下神來，眼前所出現的情景，令得他們震驚得無以復加！

在他們的右側，本來是一堆隆起相當高的礁石，上面長滿了海帶，這時，有一大片的海帶已經不見，他們淸淸楚楚地看到，那是一扇門！門是金屬的，在海水中，當他們用强力的電筒照射過去時，門上反映出金屬的光芒。而且，他們也發現，門外本來還有一重如捲簾一樣的掩蔽物，這時已經移開！

那自然是由於圓柱受了電磁感應而轉動，因爲開敞了捲簾，現出那道門來！

他們立時游近那道門，巴曼的心思十分靈敏，他沒有多耗時間去進行別的試驗，仍然用强烈的電磁，進行衝擊，門向旁移開去。

*　*　*

巴曼講到這裡，我緩緩地吸了一口氣：「門內是一個大岩洞？」

巴曼點了點頭：「可以這樣說。」

我又問：「岩洞之中——」

巴曼像是早知我會有此一問，他立時道：「洞內的情形，我無法詳述，因爲有許多東西，我根本不知道是什麼，反正我現在帶你去看，你自己看了之後，可以有你的判斷。」

我直視著他，他神情十分嚴肅：「本來，我們曾立過誓，不論在什麼情形之下，都不洩露這個秘密的，但是你不同，你是那麼特出，而且完全可以接受宇宙中存在許多極高級生物的觀念，你可以成爲——」

我不等他再說下去（他再說下去，一定是說我可以成爲他們親密戰友之類），就道：「謝謝你帶我去看外星人留下來的地方，我相信，你可以改造地球陸地分佈的巨大核爆能量，也是來自那個洞中？」

巴曼緊抿著嘴，點了點頭。過了片刻，他才道：「人家的核爆裝置，精緻得難以形容，比較起來，我們在用的一切核能裝置，簡直像是兒戲，比用眞空管來造電腦和集積電路造電腦，相距還要遠。」

我心中這時，不知是什麼滋味，本來，我一直以爲巴曼的所謂「計劃」，只是一場訛詐，可是現在看來，的而且確，他掌握了巨大的破壞力量，那種破壞力量，曾經使地球上的陸地，由一整片而變得支離破碎，如今再要爲黑海拓開一個兩百公里寬的出口，自然綽綽有餘。

在這樣的情形下，巴曼的計劃是可以實現的。

我緩緩吸了一口氣：「精緻又怎麼樣？他們還不是出了差錯，把地球上的陸地，弄得亂七八糟？」

巴曼沒有說什麼，神情有點恍惚，他沉默了好一會，才又道：「洞裡面留下來的東西真多，有一些，以我的學識，一看就知道是什麼，例如潛艇上的裝置，有許多，我根本不知道是什麼，從發現那岩洞開始，我就秘密進行工作，把各方面有超卓科學知識的人，吸收進艦隊來，自然，隨著我的職位越來越高，這種秘密工作進行起來，也方便得多了。」

有許多疑問，都隨著巴曼少將的敍述而有了答案，我道：「你和最高領導層的關係特別好，自然是因爲那個岩洞向你提供了有利的條件。」

巴曼「哈哈」笑了起來：「自然，我在岩洞中隨便弄些有關武器的資料，作爲我自己的構想，向最高當局提出，已經可以使得他們對我另眼相看了。」

我嘆了一聲：「你沒有計劃把自己變成最高層的人物？你應該有足夠的能力。」

巴曼悶哼了一聲：「可惜的是，洞中並沒有教我如何玩弄政治的資料，我不會，也沒有法子學。但是，我卻可以運用我掌握的力量，使我成爲人類歷史上最偉大的一個人。」

他講到這裡，漸漸現出不可遏制的興奮神態，而且越來越甚：「凱撒算什麼？亞歷山大大帝算什麼？成吉思汗算什麼？希特勒算什麼？拿破崙算什麼？他們都不過在地球表面上來來去去，什麼叫征服世界？唯有我，英諾格斯•英諾格歷維奇•巴曼，才能改造地球。」

當他叫出他自己的全名，講出最後一句話時，他的臉已漲成了鮮紅色。

我望著他，儘量想使自己鎮定：「這種話我聽得多了，有一個人就曾說過『數風流人物，還看今朝』，結果是千萬人喪失了生命。」

巴曼用力一揮手：「若是照我的安排，可以沒有人死亡。」

我立時道：「這樣猛烈核爆的後遺症呢？你有沒有想到過？」

巴曼道：「當然想到過，地球曾經經過一次猛烈千萬倍的改造，就自然經得起小小的改造。」

我哼了一聲：「你怎知那次大改造是多少年前的事？怎知道大改造之後的後果怎樣，怎知沒有經過上億年的渾沌，上億年的冰河時期，上億年的天翻地覆，然後才出現了原生命？」

巴曼給我一連串急速的追問，問得啞口無言，他焦躁起來：「不知道，或許在寶庫中有答案，你可以去找，我相信那岩洞中，有著一切！」

我沒有再說什麼，巴曼也沉默著，過了好一會，我才問：「能使其他裝置的動力消失的本領，也是來自洞岩之中的？」

巴曼點頭：「道理簡單之極，發射一股適當的反動力，就可以使任何動力被抵消，反動力射向一架正在飛行的飛機，可以使飛機的動力消失，發射向任何有動力的裝置，都可以達到目的！」

我深深吸了一口氣：「如何形成反動力？」

巴曼道：「我不知道，我只是發現了一個裝置，有這種作用。就像小孩子會玩電子遊戲，但是電子遊戲的原理，他一點也不明白。」

我苦笑著：「你知道嗎？我感到你就是一個在玩你完全不懂道理的遊戲的小孩子！」

巴曼十分惱怒，我一點也沒有道歉的意思。過了好一會，他才道：「等你到了那裡再說！當你知道自己擁有那麼巨大的力量，你也一定會利用其中的一些力量，做點自己一直想做的事。」

我道：「也許，也幸而我一直都沒有什麼改造地球的雄心，我只是一個普通人，而且一直認爲，只要有人想做有史以來最偉大的地球人，就另外不知有多少地球人要遭殃。」

巴曼冷笑起：「先生，即使是地球人和地球人之間，也沒有平等可言的。」

我心中暗暗叫苦，自然明白，巴曼如今的情形，絕不是憑一番言語，就可以叫他打消原意。現在再說什麼都沒有用，還是先到那岩洞去看過了再說。

世事本難逆料，或許正如他所說，到了那岩洞之後，我會和他一樣，成爲想發揮一下巨大力量的狂人。

接下來的時間中，我們都沒有再說什麼，等到潛艇停下來時，巴曼和我，配備了潛水裝備，通過了隔水艙，離開了潛艇。

才一進入海水之中，我就看到了那個圓柱，巴曼逕自向圓柱游去，他手中拿著一柄形狀奇特的工具，我知道那是使圓柱因電磁感應而轉動的儀器，他來到圓柱的旁邊，叫我注意右側，我看到右側的礁石上，有著一片簾幕狀的東西。

當那簾幕向上升起時，海水波動得相當急驟，然後我就看到了那扇門，巴曼和我，一起游近門，那門漸漸向旁移開，我和他一起游了進去。

才一進去，眼前一片漆黑，可是隨著門自動合攏，一陣輕微的機械運轉聲傳來，海水在迅速消退，而洞中也有光亮透出。

一直到海水退盡，我們站在岩洞的底部，除下了潛水配備，我仍然不知道光源自何而來，那種柔和的光芒，似乎就從岩洞的上下四壁的岩石中直透出來。

這時，我也看到了另一扇門。

巴曼道：「奇妙不?我來過不知多少次了，但到現在也不知道這個洞中的光自何來，海水怎樣排出去，一切都自動運作，第一次進來的時候，那種奇妙的感覺，眞是難以形容。」

我由衷地道：「確然難以形容。」

巴曼持著手中的儀器，走向那扇門，門又移了開來，他作了一個手勢，示意我先進去，我才一進門，整個人就呆住了。

我已經在巴曼的形容之中，知道這個海底岩洞不會太小，但是再也沒有想到，會大到這種程度，它至少比一個足球場還要大，而且，整個岩洞，是十分整齊的立方形，岩洞壁全都平滑之極，連頂部也是平整的，光線自四面八方而來。

在那麼巨大的岩洞之中，一排一排，一列一列，放滿了各種各樣的儀器和裝置，有的還在不斷地閃耀著各色的亮光，有許多，配備有相當巨幅的螢光屏，各種各樣的按鈕，在每一個不知名的裝置之上，看得人眼花繚亂，手足無措。

我站在門口，一時之間，只顧移動視線，也忘了移動腳步，不知過了多久，才揮動了一下手，注意到巴曼正在我的身邊，也望著洞中的一切，如痴如醉——我相信我臉上的神情，一定和他一樣。又過了好久，我才喃喃地說出了一句話來：「這一切，你全都懂得運用和操作？」

巴曼苦笑：「全都懂？連萬分之一都不到。」

他說著，走前幾步，來到了一個控制台之前，那座控制台有兩公尺高，正面是九格四十公分見方的螢光屏，有十個按鈕，每個按鈕上都有一個符號，我一看就看出來，那正是那種「數字」，自右排列，第七個，正是如「V」字形的那個。

巴曼指著那控制台，按下了數字鈕邊上的一個綠色的扭掣，九幅螢光屏亮起，但只是一片亮白，什麼也沒有。

他道：「這顯而易見，是一座密碼控制台，十個掣鈕代表十個數字，最左邊的那個是一，可是不知道它的功用是什麼，因爲不知道操作密碼。」

我注視著這儀器：「你未曾胡亂按幾個號碼試一試？」

巴曼「嘿嘿」地笑了起來：「剛才你還說我是一個不懂道理只知戲玩的小孩子，看來你自己才是，隨便按幾個號碼試試？你怎知按錯了號碼不會造成驚人的惡果？你敢按嗎？」

我不由自主，「骨都」一聲，吞下了一口口水：「我不敢按。」

誰知道按下去之後會發生什麼事，可能什麼也不會發生，可能會在撒哈拉大沙漠上，忽然冒起一座極高的山峯來。

以前，我曾在南極的冰山之中，見過外星人留下來的，可以利用地球中心部分熔岩的裝置，但是和這個岩洞中的一切比較起來，簡直什麼都不是。

巴曼又道：「像這種，肯定要通過密碼來操作的裝置，超過一千座，每一座，都肯定有它不同的作用，但卻無法知道究竟是什麼。」

他伸手向前指著，一座又一座，高矮形狀不一，都閃著金屬光輝的儀器，整齊地排列著，恍惚之間，像是無數怪物，當眞是詭異莫名，至於極點。

我有過相當多次的類似經驗，雖然再也想不到，在地球上會有這樣規模巨大的外星人留下的裝置——其實，地球雖小，但是再也想不到的事，卻多得數不淸——但是也可以知道這種場合的一些通常的規則。

我一面不由自主喘著氣，一面道：「這……裡，應該有一個中心部分，通過運作中心部分的裝置，我想可以得到全部裝置功能的說明。」

巴曼望著我，道：「我早說過，你會是同志，現在你也著迷了吧，我認爲，中心部分，是岩洞正中的那一組裝置。」

我循他所指看去，只看到那一組裝置，呈六角形，比別的裝置都來得巨大。

我急急向那中心裝置走去，雖然急於到達，但是仍然至少停下來十次以上，凝視著經過的那些古怪裝置。

巴曼發現這個岩洞已經十年了，他對這裡的每一個裝置，都曾仔細觀察過，他在一旁解釋著：「所有綠色的按鈕，都是開啟和停止鈕，其餘的按鈕，也不敢亂試，你看這個——」

伸手按向一個四方形裝置的綠色按鈕，螢光屏亮起，閃耀了幾秒鐘之後，現出了一隻黑色的八角形箱子，箱子上有一排按鈕，和一個形如尖錐的突出物。那一排按鈕中的三個，突然陷了下去，看起來並沒有什麼異狀，但是另一幅螢光屏上，突然亮起了許多呈細密曲線形的波紋，那三個按掣彈起，波紋就消失，接著，另外三個按鈕陷下去，出現的波紋是另一種，按鈕一共有六個。

巴曼道：「可以肯定什麼嗎？」

我道：「看起來，三個按鈕是一組，按下去之後，就有某種力量發射。」

巴曼用力在我肩頭拍了一下：「對，一共有九種功能，我在這裝置附近，找到了這黑箱子，但至今為止，只發現其中的一種功能，可以使別的裝置的動力消失，發射的是反動力。」

我聽了之後，開始只覺得神妙而不可思議，但接著，就大吃一驚：「其他八種功能，你也……一一試過了？」

巴曼道：「是啊，可是沒有什麼現象出現，不知道是什麼用。」

我吞了一口口水：「你只能說，在你看得到的地方，沒有什麼現象出現，你知道功用的那一種用法，是當你使用，這裡的裝置的動力也消失？」

巴曼道：「當然是，不然我怎麼知道它有這個功用。」

我叫一聲苦：「你在試其他八種方法的時候，怎知道沒有引起變化？或許引起了一場颶風，一次火山爆發，也或許引致發電廠莫名其妙找不出原因的大停電，像有一年美國西部連續的原因不明的大停電一樣，或許導致太陽黑子發生變化，從而影響到地球上人類的心理，闖下巨禍，或許……」

我說到這裡，感到喉際一陣發乾，聲音變啞，再也說不下去。

巴曼也呆了半晌：「我……沒有想到過這一點……我已經盡量小心，這裡的所有按鈕，我不敢亂用。」

我長嘆了一聲，現在來責怪他，當然不起作用，應該發生的，早已發生了，也或許什麼都沒有發生過。這樣小小的一隻箱子，已經有九種不可思議的能力，這裡的一切，究竟蘊藏著多少力量，眞是連天都不曉得了。

我道：「核爆裝置也是同樣的方法學會的？」巴曼指了指相當遠處的一座裝置，也是四方形。四方形的裝置並不是太多，看來全是教如何試用小裝置的工具。

我嘆了一聲：「你照著螢光屏上的方法，試過而沒有反應的有多少？」

巴曼道：「很多，但是正確的數字不記得了，有效的，我大都配備在潛艇上，所以我的潛艇的威力之大，超乎想像。」

我道：「是啊，可以供你躲在海底一年，嚼吃人肉。」

巴曼漲紅了臉：「這只是一句玩笑，你還當眞的，你的幽默感到哪裡去了？」

我眞的笑了起來：「哦，對不起，那是因爲我實在不知道在你的詞彙之中，居然還有『幽默感』這個詞的緣故。」

巴曼悶哼了一聲，大踏步向前走去，我和他一起來到了我們認爲是中心裝置前，那是一座十分巨大的控制台，巴曼一伸手，按下了綠色的按鈕，六邊形的每一邊，都有一股光線射出來，在控制台的上空，組成了一個六邊立體形的光籠，每一邊都有兩公尺長，看起來十分巨大。

巴曼跳了起來，舉著手，剛好夠得上把手伸進光籠之中，他跳了兩下，落了下來：「那並不是毀滅性的死光，也不知道有什麼作用。」

我想了一想，道：「你看會不會是立體投影？」

巴曼一呆，他未曾想到這一點，隨即，他道：「有可能，但就算肯定了，也沒有用，這中心裝置，一樣用密碼控制。」

我道：「如果可以肯定，那就大不相同，就算對正確的密碼沒有概念，也可以隨便按下去試試，大不了沒有立體投影出現，或是出現不知所云的影像，不會有別的害處。」

巴曼一聽，不由自主吞了一口口水，現出難以克制的被引誘的神色，手伸了出去，又縮了回來：「你能肯定嗎？」

我道：「不能，但是……但是我認為值得試一試。」

巴曼道：「你……認為密碼……一組是由幾個數字組成的？」

我道：「不知道，一個個按下去，按到第幾個有影像出現了，就可以知道了。」

巴曼和我，又互望了半晌，他才道：「我早已說過，你比我更好玩遊戲。」

我不否認，事實上，到了這樣一個地方而不弄明究竟，那日後不知如何做人了。好奇心有時候，簡直不可遏制，雖然隨著年齡的增長，好奇心已不再那麼强烈，但總是存在的，而且，這裡的一切，實在太奇特了，奇特到了難以抗拒的程度。

巴曼望著我，伸出手來又縮回去。本來，這地方是他發現的，我準備讓他先試一試，可是現在看來，他不是很敢，我道：「讓我來，你有什麼妥善的方法保護自己，不妨先準備一下。」

巴曼勉强笑著：「不必了……沒有什麼法子可以保護，因爲根本不知道會發生什麼事。」

我喃喃地道：「如果是立體投影儀的話，不會有什麼意外發生。」

我說是那麼說，等到伸手出去按那些按鈕，也不免緊張，我迅速地，隨便按了四個數字，一點反應也沒有，我略停了一停，吸了一口氣，又按下了五個數字，陡然之間，裝置上的一排紅燈亮起，巴曼連忙拉著我，一起向後退出了幾步，那六角形的光籠之中，出現了一團在迅速旋轉著的，深藍色的雲狀物體，似虛似實，看得人目定口呆，眼花繚亂。

巴曼失聲道：「那是什麼？」

我的聲音聽來不像是自己發出來的：「不知道，或許是一個星系？」

巴曼的喉際，有一陣奇異的「咯咯」聲響：「這是一具立體投影儀，可以肯定。」

我盯著那團旋轉的東西看了一會，實在無法知道那是什麼，向巴曼望去，他也一片茫然，他伸手，去按了那個綠色的鈕掣一下，那團東西消失，仍然是一個光籠。

我道：「密碼證明是九個數字一組的，你可以來試一試。」

巴曼隨便按下了九個數字，又是紅燈亮起之後的一秒鐘，光籠中又出現了形象，這一次，是一大片一望無際，褐紅色的石崗，上面怪石嶙峋，看起來荒涼無比，詭異莫名。由於立體投影現出來的情景是如此傳眞，以致一時之間，我有置身於這個石崗上的感覺。

巴曼道：「天，這不知道是哪一個星體的表面。」

毫無疑問，我們看到的，是一個星體的表面，只是不知道那是什麼星體而已，這個星體上，顯然沒有生物，死寂和荒涼。

這時，巴曼和我兩人，心情興奮之極，這具立體投影儀，不知可以供給多少奇異的景象給我們看，簡直無窮無盡。

我們再令這個景象消失，急不及待地又按下了九個號碼，這一次，現出來的是一座看來極其宏偉燦爛的大殿，那個光籠雖然大，但每邊也不過兩公尺，可是出現在眼前的景象，都給人以極大的感覺，彷彿是看到景象的人，都陡然縮小了許多似的。

這時，在感覺上，那個殿堂，至少有一千平方公尺，巨大的白色的柱子支撐，氣派宏偉之極。而更令人吃驚的是，殿堂中有許多披著白袍的人，白袍由頂至踵，罩著那些人的全身，可是一點也不見臃腫，至少有三二十個之多。

他們之中，有幾個坐著，大多數站著，坐著的兩個正在揮著手，手指倒是在白袍之外，看起來十分柔軟細長，看情形，像是正在講話。

巴曼和我，看得目定口呆，過了好一會，他才問：「他們在講什麼？」我苦笑：「根本沒有聲音，就算有聲音，我們也聽不懂外星的語言。」

巴曼興奮莫名：「你剛才按的是什麼號碼？」

我道：「隨便按的，誰記得，九位數字的排列，可以有一億個變化，只怕你沒有時間把同樣的景像看兩遍。」

我們一面說，一面盯著看，發現那些白袍人的行動，在大約兩分鐘之後，就開始重覆。顯然，這個密碼記錄的，只是那兩分鐘的事。

這兩分鐘，那些白袍人是在幹什麼呢？一定相當重要，才會記錄下來，可惜我們全然無法知道它的重要性何在。

白袍人的行動重覆了三四次，我們又令它消失，這次巴曼取出了一本小本子來，隨便寫下了許多九位數字。我知道他是想記下來，什麼號碼，會出現什麼樣的景像。

就在這時，我心中一動，想到了一件事，但是我卻沒有說出來。

巴曼寫下了大約十個九位數字，就開始照著按鈕，第一次現出來的是一道急速行進的銀灰色光輝，光輝經過的所在，是深藍色的。

巴曼在他的小册本子上，寫下了「彗星」這個字，用眼光詢問我是不是有意見，我表示同意，因爲那景像看起來，確然像是彗星在太空之中行進，光輝的形狀，也有著些微的變化。變化同樣在兩分鐘之後重覆。

巴曼又按下了第二組的九位數字，這次現出來的全然不知是什麼，看起來是很多會發光的絲狀體在空中飄浮，賞心悅目，絲狀體的顏色，絢麗奪目。

第三次，看到的景像也莫名其妙，一直到他按完了十個，都完全不知道是什麼景像。

我和巴曼屏氣靜息地看著，一面在急速地轉著念，陡然之間我又想起了另一件事來，忙道：「那礁石上的刻痕，你記得不記得，在你認爲是地球的星體上，有九個代表數字的符號？」

巴曼連續七八次看了看不懂的景像，神情本來有點沮喪，這時，一聽得我這樣說，立時興奮起來：「爲了想弄懂這些文字代表什麼，我十年來，無時無刻不在研究，可惜仍然一個字也不懂。」

我道：「不，至少，我們知道了十個數字。」

在那麼小的一張相片上，要辨認那個星體上的九個數字，自然比較困難，好在那些符號，都線條簡單，形象分明，沒有多久，我們就認出了那幾個數字是「七三六六六三九一四」。

這和任何九位數字一樣，一組並沒有特別意義的密碼，但是卻有可能和地球有關——和陸地還是一片時的地球有關。

我們互望了一眼，互相讓了一會，我還是讓巴曼去按鈕，九個數字按完，紅燈亮起，我們緊張至於極點。

一秒鐘之後，景象出現了，一個球體，浮在空中，和礁石上所刻的一樣，球體的中間部分和其餘部分的顏色不一樣，球體的外層，有著深淺不同的藍，和白色的雲團，中間部分的顏色十分難以形容，大體上以綠色爲主，而其餘部分，則是明顯的藍色。

我和巴曼都張大了口，合不攏來，這當然是地球，我們現在已經有人造衞星，太空船所拍回的遠距離的地球的照片，地球外的大氣層，海洋的顏色，都是類似的，自然，陸地的分佈大不相同，這時我們看到的，是一整片，而不是如今的七大洲。

巴曼吸了一口氣道：「這……可能是從月球上拍攝下來的情景。」

我看了一會，道：「順號碼次序按下去，應該接近的密碼，都和這個星體有關。」

直到那時，我還是不能完全接受這個星體就是地球，所以我說「這個星體」。

但巴曼是完全接受了的，他道：「應該會和地球有關，希望是這樣。」

他一面說，一面吞了一口口水，把剛才那組密碼加一，按了下去。

光籠之中，出現了一團綠色，一重重，一層層的綠色，鋪天蓋地而來，才一出現，眞不知道那是什麼，定了定神，才看出，那是一大片深不可測的原始森林，巨大的樹木，葉子大得驚人的蔓生植物，分明是羊齒類的奇形怪狀的蕨，以及糾纏在一起的各種各樣的植物，組成了那一大團綠色。

然後靜止的綠色忽然動了起來，一頭巨大的生物，自濃綠之中冒了出來。

我和巴曼一起叫了起來。

那是一頭恐龍，我甚至可以準確地叫出如今人類根據它的化石，還原了它的形狀之後所給牠的名稱：那是一頭巨大無比的有角異龍。

剛才我們看到的是遠距離拍攝的地球，這時，我們看到的是地球的表面，茂密無比的森林，和地球上的生物恐龍。那些植物都變成了煤，恐龍也已絕跡，難道全和陸地分裂有關？

我們眼看恐龍踐踏著植物，昂首一口就可以將一株樹的上半截咬下來嚼吃。

等到我們定過神來，景象早已重覆了許多次，我急不及待再順序按下去，這次看到的是草原，有泥沼，許多樣子看來極可怕的生物，在緩緩行動，這種生物，我也一看就可以叫出牠們的名稱：三葉虫，也是曾在地球上出現過的景色。

接下來的半小時，一共有十個景象，全是地球表面的情形，有各種各樣早已絕跡，只是通過化石才被人認識的生物，海洋看來十分平靜，奇怪的是，全然不見有山脈，那時，地球上沒有山，也沒有人，甚至沒有高級的脊椎動物。

巴曼喃喃地道：「那時地球上全是低級生物。」

我知道巴曼的意思：「即使是這樣，外來者也沒有權利把地球弄得亂七八糟。」

巴曼道：「再看下去。」

當時，我只覺得雙頰發熱，巴曼也滿面通紅，自然都是由於極度興奮的緣故。

巴曼繼續按著鈕掣，這次看到的景象，更是駭人之極，在一個極大的草原上，停著七架形狀不同，有的圓形，有的梭型，有的橢圓形的物體，都閃耀著金屬光輝，那些物體，看來一如近幾十年來不斷被人目擊，甚至拍下了照片的「不明飛行物體」。

在每一個物體前，都各有「人」站著，三五個不等，在一個長條形的飛船之前，是曾經見到過的白袍人，其餘各種人等，都穿著十分古怪的服飾，有兩組的手臂特別長，也有一組個子相當矮小，而另外有一組，個子極其高大。這些「人」，都看不清他們的臉面。

那情形，分明是七艘來自不同地區的宇宙飛船，到了地球之後，會合在一起，並把這種情形留念。

等到又換了一個號碼之後，看到的是一個相當大的空間，看起來是其中一艘飛船的內部，七種不同外形的人正聚在一個相當大的地球模型之前，向著地球模型在指指點點，看來像是在討論地球的改造，那時，地球上的陸地還是一片的。

其中一個白袍人，伸手劃向地球儀，自他的指尖，有一線光亮閃動，他另一隻手轉動著地球儀，地球上的那一大片陸地，被劃成了有界限的七格。

我感到熱血沸騰：「他們在瓜分地球，在商量如何瓜分地球。」

我的料斷不錯，接下來的十來個不同的景象，全是「瓜分」地球的經過，在地球表面各處，都有巨大的機械裝置在作運件——多數是在地上打著深洞，然後，把一件一件，猶如壓縮氧氣筒之類的東西，放進那些深洞中去，那些鐵筒狀的物體，堆積如山，成千上萬。

巴曼看到這裡，不斷地倒抽著涼氣，我轉過頭去看他，他指著那種東西，臉色青紅不定：「我只不過找到了十二枚，已經夠實現我的計劃，這就是他們的核爆裝置……天，他們用那麼多，沒有把地球整個炸裂，算是運氣了。」

我悶哼一聲，沒有說什麼，再接下來，又是另外一番景象。

看到的又是地球的遠景，但是在突然之間，有七處地方，發生了爆炸，爆炸冒起的雲煙，假設這是在月球上拍攝的，也可以看得十分清楚，整個地球都被包在一層灰白色的雲煙之中。

這是徹頭徹尾的大毀滅，地球上一切生物，不論是動物或植物的大毀滅。自此之後，那些生物，就完全成了化石。

再接下來的，仍然是地球的遠景，而雲煙已漸漸淡薄，然後，回復了大氣層的清朗，我和巴曼兩人看到了地球上陸地分佈的情形，不禁全身發抖。雖然還不是現在這樣，但也八九不離十，幾大洲的樣子都在，連現在的澳洲和新西蘭都可以認得出，幾個大島，如馬達加斯加，台灣也已產生。巴曼最留意的黑海，也就是這個樣子了。

在這一組的景象中，破例，有著一組數字，和兩個文字。兩個文字我們看不懂，但數字是三字下面加了八個「零」——三億。

巴曼和我，面面相覷，巴曼道：「這……是什麼意思？」

我道：「叫我猜的話，我猜，那是那次毀滅性的大爆炸之後三億年的情形。」

巴曼道：「三億年？別開玩笑了，那些外星人哪有那麼長命？」

我悶哼一聲：「時間是相對的，三億地球年，或許只等於他們的三天，三小時，他們若是沒有那麼大的能力，也不敢膽大妄為到在地球上玩這類遊戲。」

我們都好一會不出聲，再轉換了另一個景象，又和以前一樣，是地球表面上的情形，和以前大不相同，地球上出了沙漠、河流、高山、峻嶺、海洋，可是全然是一片死寂，一點有生物的跡象也沒有。一個完全沒有生物的地球，死的地球，本來連成一片，充滿了生機的地球表面，變得死寂還要死寂。

我用力一頓足：「他們毀滅了地球。」

巴曼道：「如果這是以前發生過的事，地球至今充滿生機，只是被改造，不是被毀滅。」

我不和他爭論，繼續看下去，仍是地球各處的情形，有許多火山爆發的鏡頭，爆發的規模極大，有幾座形狀顯明的火山，甚至可以辨認出來，例如日本的富士山。

我喃喃地道：「他們幹的好事，看他們把地球弄成什麼樣子。」

然後我們看到在海底的情形，許多小機械人，在海底活動，先是豎起了那個圓柱，然後，發出雷射光似的光線，在礁石上留下刻痕。

這一部分，我們看得特別留意，目的是想弄明白那些文字的意義，可是翻來覆去看看，一無結果，只是弄清楚了夾在文字中的幾組數字，有一組又是「三億」，有一組更大，是「十二億」，一組相當小，是「五百萬」，在數字前後的文字，完全不知含義。

再下來，就是許多小機械人在岩洞中工作的情形了，它們除了運來各種裝備，裝配起來之外，還有一種情形，十分奇特，就是幾個小機械人，會忽然湊在一起，成了一部裝置，在這些過程之中，也看不出這些裝置有什麼用途。

這一切經過，看得我和巴曼如痴如醉，如夢如幻。

從景象的次序來看，那顯然是在地球的陸地已經有變化之後（三億年之後？）的事情了。

這一組景象的最後一個，是整個岩洞已經裝置完成，門緩緩移上的情形。

這扇門，在緩緩移上之後，直到又被巴曼發現、打開，其間又過了多少年？是又一個三億年，還是十二億年？

再順序按下去，所現出來的景象，十分奇特，不知是什麼意思，看到的是接連七團顏色不同，奇形怪狀到了難以形容的物體、活動，但無可名狀，情形有點像顯微鏡下的微生物，再接下去，是一些原始生物，原始的脊椎生物，看到了魚，然後，在以後的兩小時之中，我和巴曼就像是在看著一部生物的演進史，漸漸地，出現了猿、人猿、原始人。

奇的是，生物漸次出現，都沒有背景，和第一次看到恐龍時背景是原始森林，大不相同，那些生物，雖然全在活動，但是也給人以一種十分怪異的感覺。

等到景象中，終於出現了現代人，我先叫了起來：「剛才我們看到的，全不是眞的生物。」

巴曼道：「當然不是眞的生物，那全是立體投影。」

我忙解釋：「我的意思是，這些生物，不是根據眞的生物記錄下來的，而是……根據類似動畫製作出來，你看這些人，不是畫出來的，就是會活動的人體模型，而不是眞人。」

這時，景象中所能看到的現代人，依次是黃種人、黑種人、白種人、紅種人、棕種人、藍種人，以及另一種身形相當矮小，膚色深褐的人種。

巴曼立即明白了我的意思，在注視了一會之後，連連點頭：「是的，那只是人體模型，不過，做得幾乎和眞的一樣。」我心中充滿了疑惑：「這些……代表了什麼？」

巴曼苦笑：「不知道……現在不知道，但是我一定要研究出一個究竟來。」

我凝視著他：「你會成功的。」

巴曼緊握著拳，表示他的決心，再接下去，現出來的景象，顯然和地球全然無關，而且根本不知道是什麼，全然無從形容。

又過了半小時左右，巴曼還在不斷按著號碼，我道：「我們應該討論一下正經事了。」

巴曼道：「我不想浪費時間。」

我看出他對這個岩洞中的一切，都已著迷，尤其是這具立體顯像儀，他可以一天二十四小時不停地按號碼，去看光籠中的景象。這就是我剛才心中一動，想到而沒有說出來的一件事。九位數字的組合是一億，就算他每一個號碼只費兩分鐘，他要全部看完，也要超過三百八十年。

那也就是說，這具立體顯像儀，可以自動把這個狂人拘禁在這個岩洞中，了此一生。

這是對付他的最好方法了，而且絕對是他自願——如果不是他自願，他已掌握了那麼多奇異能力，世界上還眞的沒有什麼別的力量可以對付他。

我投其所好：「對，時間對你來說太寶貴了，不過我必須提醒你，如果你的核爆計劃不變，在核爆之前，你能全了解這岩洞中所蘊藏的一切嗎？」

巴曼想也不想：「當然不能。」

我道：「核爆發生，你肯定對這個岩洞，不會造成破壞嗎？」

巴曼陡然一震，張大了口，發出了「啊啊」的聲音來，過了一會，他道：「那麼，我的計劃要取消了。」

我道：「當然，比起這個值得研究的岩洞來，黑海的出口是闊是窄，算得了什麼。」

巴曼連連點頭：「是，當然是，差得遠了，這，蘊藏著宇宙無窮的秘奥，地球算是什麼，只不過是一個隨時可供他人玩爆炸遊戲的小球體而已。」

我想不到事情會有這樣的發展，整件事已經解決，根本不必再多說什麼，巴曼一定會取消他原來佈置好的那個核爆計劃。

我道：「那麼，你還有什麼需要我幫忙的？」

巴曼睜大了眼睛：「什麼，你不準備和我一起參加研究工作？」

我早已想好了答案：「不，我俗務太多，難以專心。」

巴曼又失望又憤怒，我不等他發作，就道：「其實，你有許多現成的好助手——一直和你分享秘密的那些潛艇官兵，他們才是你的好助手。」

巴曼道：「可是他們現在——」

我道：「通過蓋雷夫人去說服貴國最高當局，把他們全放出來，一定不是難事。」

巴曼躊躇著：「我絕不想把這公開給任何政府知道，一公開，就完了。」

我道：「十分正確，蓋雷夫人也不必讓她知道，只是告訴她，放出你的同僚，你就取消核爆裝置，然後你再把他們接到這來，我還建議你組成一個後勤組，因爲上百人長期在這裡從事研究，生活上的必需品，實在是不能少的。」

巴曼連聲道：「是，是。」

他神情興奮之極，一面和我說話，一面還是不斷在按動號碼鍵。

我不得不提醒他：「請問，我如何離開這裡。」

巴曼「啊」地一聲，十分不願意地道：「好吧，我送你到最近的岸邊上岸。」

我笑道：「恐怕要麻煩一點，我不想在貴國海岸登陸。」

巴曼一挺胸：「什麼貴國、敝國，我不屬於任何國家，甚至不屬於地球，我屬於宇宙！」

他的狂態又進了一大步，我連聲道：「自然。自然。」

巴曼依依不捨地和我離開了岩洞，又登上他的潛艇，就在潛艇上，我立時和蓋雷夫人聯絡，蓋雷夫人一聽到只要釋放一百多名官兵，就可以消弭這樣的巨災大禍，喜出望外，沒口答應，並且立即和巴曼約好，三日之後交接。

等到潛艇在土耳其的不知什麼海岸浮上來，巴曼說什麼也不肯再花時間送我回錫諾普，我只好和他告別，自行游水上岸。

不過，在分別前，我們還有一番對話，巴曼先嚴肅地說：「衞先生，請你把一切保守秘密。」

我道：「當然，不過我也有一個要求，當你有重大發現的時候，盡可能讓我知道。」

巴曼十分興奮：「當然，你有權知道，雖然我發現這個岩洞已有十年，但沒有你的啟發，我一直未能有進一步的突破。」

我笑著：「好說。」

巴曼又道：「當你需要任何幫助的話，請記住我，就算要對抗整個國家，也不是難事。」

我拍著他的肩：「當然，想想你那十二個核爆裝置。」

巴曼十分高興地豪笑了起來。

* * *

上岸之後沒有多久，我就回到了錫諾普，所有的人都追問我是怎麼說服巴曼的，我的回答十分簡單：他找到了更有趣的新遊戲，不再玩舊的了。

蓋雷夫人眨著眼，她沒有問什麼，因爲她比別人聰明，知道再問，我也不會說。小納就不如她，連問了七八次，在得不到回答之後，神情悻然。

尾聲：

這個故事本來已經結束了，相當出乎意料之外的是，若干時日之後，我收到了一卷錄音帶，寄自土耳其的錫諾普，信封上具名「巴曼」，我急不及待把信封拆開，聽完了之後，呆了很久。由於信的內容和整個故事的關連極大，是以必須全部披露。

錄音帶是巴曼的聲音，一開始，他的聲音，興奮莫名：「衞斯理，在兩天前，我解開了那種宇宙文字的秘密，自此之後，許多不明白的事，都變得明白了，先說你知道的一些事，當初，七個星體的外星人，來到了地球，經過一段時期的觀察，他們決定在地球上製造一場巨大的爆炸，我們都以爲他們是想瓜分地球，可是我們完全料錯了！錯得不能再錯！」

「他們的目的是什麼？原來，他們觀察的結果：地球原來的環境，生物的發展，到此爲止，不能進一步發展爲高級生物。」

「他們要的，是地球適宜高級生物的環境，他們製造了那場大爆炸，令得大氣層的成分變更，土地的成分和海洋的成分改變，產生發展高級生物的條件。」

「爆炸之後，經過了三億地球年的死寂，地球上開始有了新的、最原始的生命，他們各自——來自不同的七個星體的人，把自己生命中的遺傳因子，和最原始的生命結合，然後，他們又建造了這個岩洞，把一切資料，留在岩洞之中，再去進行他們的宇宙旅程。」

「距如今又是幾億年了，但他們早已知道地球上的高級生物的形態，會循一條什麼樣的途徑發展下去，就像如今科學家只要有一個細胞，就可以知道這個細胞如果加以培殖，就會變成什麼生物一樣。」

「這就是我們在立體投影儀中看到的『生物發展史』，最後，出現了現代人。現代人的形體，相信也決定於這七個外星人形體——多麼奇妙；上帝照他的樣子造了人，七種外星人的外形，相信也有著膚色、高矮不同，這是地球人有各色人種的原因。奇怪的是其中有一種好像並沒有出現過。」

「想不到吧，我們全是七個不同的外星人的後代，如果沒有他們，地球上一直只是恐龍和三葉虫，根本不會有人類。」

「我還在拚命研究其餘的一切，再有重大的發現時，會向你說。」錄音帶的內容，相當駭人，但願巴曼能有更多的新發現。

勤十緣出版社書目

衞斯理科幻系列

1 電王（三版）
2 黃金故事（二版）
3 從陰間來（八版）
4 到陰間去（八版）
5 遊戲（三版）
*6 生死鎖
*7 通神

倪匡科幻系列

1 消失女神（五版）
2 離魂奇遇（六版）
3 困獸（二版）
4 夜光（二版）
5 神話世界（四版）
6 妖偶（二版）
7 四條金龍（二版）
*8 飛焰
*9 魔像

經濟日報叢書

1 高官厚錄 陳毓祥等訪問錄（二版）
2 力爭上游 姜趙玉蓮著（一版）

寫眞小說系列

1 還似無情 張寶兒著（二版）
2 嫁後 張寶兒著（二版）
3 撲蝶 張寶兒著（一版）

奇幻系列

1 轉世 余過著（三版）
2 隔世寃 寬齋著（一版）
3 殘酷蜜月 余過著（二版）
4 陰陽證 寬齋著（二版）
5 重返前生 余過著（二版）

* 即將出版

多情系列

1 三生石　孔　昭著（一版）
2 今夜沒有約　嚴　沁　梁鳳儀　等著（二版）
3 絕對討厭的女孩　羅穎思著（一版）
4 鬼城　賈平凹　梁鳳儀　等著（二版）
*5 女兒經　程乃珊著
*6 雲水依依　夏小詩著

嚴沁浪漫小說系列

1 夏之迷惑（二版）
2 無情谷（二版）
3 也是重逢（二版）

奇案系列

1 撕　票　林　蔭著（一版）
*2 千里追兇　捍衛者著

實用系列

1 兩餸一湯（一）　李曾鵬展著（二版）
2 居室風水　芳草軒著（二版）
3 風水新講場　宋韶光著（七版）
4 兩餸一湯（二）　李曾鵬展著（三版）
5 家庭實用療方　李　南著（二版）
6 家事錦囊　李陳雅賢著（二版）
7 職業婦女三餐樂　蔡麗容著（二版）
8 斗換星移說命運　戴添祥著（二版）
*9 法律八寶飯　毛錫强著
*10 猴年運程　蔡輿華著
*11 風水百答　宋韶光著

智慧系列

1 墨趣　謝宏中著（一版）
2 箴言精選（增訂版）　何文滙著（一版）
*3 王子復仇記　何文滙著

* 即將出版

散文系列

1 不甘寂寞　邵國華著（二版）
2 八方羣英　岑逸飛著（一版）
3 廣告高興坊　潘啟迪著（一版）
4 過眼雲烟　林　洵著（一版）
5 兩談食性　王亭之 姚香雄 著（一版）
*6 倪震的心　倪　震著

梁鳳儀散文系列

1 財來自有方（五版）
2 誰可叮嚀（三版）
3 再戰江湖（三版）
4 不記當年（三版）
5 心想事成（三版）

梁鳳儀財經小說系列

1 醉紅塵（十二版）
2 九重恩怨（九版）
3 花魁劫（九版）
4 信是有緣（八版）
5 鎖清秋（八版）
6 惆悵還依舊（八版）
7 飛越滄桑（五版）
8 異邦紅葉夢（五版）
9 笑春風（五版）
10 昨夜長風（五版）
11 誓不言悔（五版）
12 激情三百日（五版）
*13 花幟
*14 今晨無淚
*15 强人淚
*16 灔藍天
*17 有鳳來儀
*18 當時已惘然

* 即將出版

親愛的讀者們：

希望你們會喜歡勤＋緣出版社的書籍。我們努力從事出版事業，若要有理想成績，必須獲得你們的支持、指導和勉勵！

尊重讀者的意見是我們工作的宗旨，因爲沒有你們的關懷，我們不可能進步。懇請你們把以下的表格塡寫，剪寄：香港德輔道中61號華人銀行大厦1108室，勤＋緣出版社收。

我們也會定期跟讀者保持聯絡，向你們報導有關本港暢銷書的出版情況、勤＋緣出版社的新書以及聯同屈臣氏書店或香港各大書店舉辦的讀者活動。敬祝

身心愉快！

一九九一年一月一日

梁鳳儀

敬請讀者塡寫以下表格
逕寄：香港德輔道中61號華人銀行大厦1108室勤＋緣出版社收

姓名：____________________
性別：__________ 年齡：__________
地址：____________________
____
電話：（公司）________________
（住宅）________________
傳眞號碼：________________
意見：____________________
____

勤＋緣出版社